そのかわりきみの手は
見つけることができるだろうか
飛ばない鳥をひそかに飛ばし
灰の中から炎[illegible]生みだす仕方を

現代詩文庫 234

思潮社

原田勇男詩集・目次

詩集〈北の旅〉1959–1974から

詩集〈炎の樹〉から

詩集〈火の奥〉から

詩集〈水惑星の北半球のまちで〉から

詩集〈何億光年の彼方から〉から

詩集〈炎の樹連禱〉から

装幀・菊地信義

詩篇

詩集〈北の旅〉1959–1974 から

閉された海の唄

1

いつからだろう
さしのべた指の間がこうも開いたままなのは
世界は
開いた指の間から無愛想にこぼれおちる

世界はもうぼくを呼ぼうとしない
閉された海に急に陽がかげってきたので
鳥たちはぼくのまわりから飛び立って行く
行くさきも告げず
かすかな胸のぬくもりだけを残して
さらに街や空や樹木たちさえ遠ざかる

ぼくのまわりに侮蔑の氷塊をうず高く
積みかさね
不吉な夕暮れのようにざわめきながら
ああ　あの樹木たちの姿勢
絶えず大地から吹きあげてくる存在の重みに
耐えようと
あれは樹木たちの苦悶の身振り

それを
一隻の小舟に編みあげた日から
ぼくの海は荒れはじめたのだ

2

突然　空の偽の祭りへと急ぐ
一羽の盲目の鳥が
仲間からはぐれ鋭い啼き声のレースを引いて
灰色の眼の中へむなしく墜落する
傷ついた心の森から血がほとばしる
朱色に染った塔がその時静かに立ち上る

内部の暗い壁へとめどなく押し寄せる
渇いた海の執拗な問いの氾濫

疲れ果てた人々の胸に
夕陽がしみとおってたたまれ
風が夜の匂いをつれてかげってくる頃
ただ一人傷だらけの鐘楼にのぼりつめ
生の形をした怨恨の鐘をはげしく打ち鳴らす

拒絶の余韻はただれた街の空を裂き
非情な森の樹木たちを細かくふるわせ
世界の果ての紫の縁に一つの刻印を刻みこむ

ああ人々よ
なぜひたすら偽の空へ駆けのぼろうと
欲望の黒い鳥に変るのか
なぜ他人の背後に動く自分の影だけを
愛そうとするのか

街角はただひたむきに暴走する
ビール腹の黒い欲望
偽装だらけの黄色い愛
街の空からたえずすべりおりてくる
無数の歯車の眼　眼の氾濫

いつ果てるとも知れない街角の華やかな舞踊会
踊る　内部に唄を持たない黒い鳥たちの群
ついには出来あがる
無数の干からびた形骸の山

ああ　いつかはあの黒い鳥たちも
はげしい狙撃を受けることがあるのだろうか

3

ぼくの空を花車が転がる
死の花粉がこぼれる
雪になる

雪になる
白くつめたい野の果て
もろくも崩れる朱色の塔
逆立ちしたひとつの墓標

あそこは　傷ついたこころの血に濡れた僧院
あそこは　うつむいたこころの涙ぐむ地下室
漂白され停止された時間
内部の壁を鋭くゆるがす不気味な風
それは　どこからくるのか
それは　どこへ行くのか
それは　何を意味するのか

それから最後の祈りの消えた後のように
窓のない
扉のない沈黙
沈黙と沈黙との血みどろの殺戮

4

青ざめた歴史の扉をくぐり
世界はなおも暗く深くかげっている
世界の海はぼくの内の海から溢れ出る
世界の窓はまだぼくの内に開かれない

だが常にひとつの集光器でありたいのだ
内部の壁に祈るようなまなざしをかかげ
かすかな光のさざめきに
緊張の充血した触手をさしのばす
ふたたび世界の物音のする方角へ

手探りのまますべてのものたちの耳に
貧しい言葉を投げかける
空の耳に　樹木の耳に　鳥の
街の　そして　人間たちの耳に

人々よ
自分に与えられた手押車を押そう
結局ありもしない花々を

美しく満載すると見せかけ
そのしたに
失われたものの屍体を
ひっそり埋めるだけとしても……

なおも生の証を求め
ゆるやかな坂道の石畳に沿って
自分の手押車を運んで行こう

やがて手押車を世界のものとするために
すべてが世界そのものとなるために

二月の風見開くまぶた

二月の風すきとおった空
どうしてもなじめない街々の
たくさんの扉のかげで
うつむきかげんに閉じられている

無数のあわいまぶた
武装した風のかたい肌ざわり
ぼくら憎悪の戦慄にはげしくめざめ
うぶな殺し屋のようにまぶたを開く

二月の空つめたすぎる風
走る走るぼくらのあおいあやまち
こぼれてくるものほとばしるもの
出口がないので血は
ぼくらの眼にかなしげにあふれる
あかくすきとおった都市の背景
叩いて叩いて　すべての扉を
粉々にこわしてしまいたい
ぼくらのこころの熱い厚い鉄条網

あふれでる血は
ぼくらの瞳をくもらせつづける
だがぼくらはその眼だけで　世界に耐える
まぶたの背後　豊かに浪費される

無数の映像の影
水の戯れにも似た　その星雲の内側で
ひかりの光源たちが
とりとめもなくうずまいているのが　わかる
ぼくらはまだ選ぶことに不器用だ
いつも思念があざやかなダブルイメージを
描いては　ふいにぼやけてかき消える

荒れはてた寺院の石廊のように
冷たく乾ききった歴史のかさぶた
ぼくらはふるえる指でそれらを
一枚一枚確実にはがしてしまいたい
そのとき世界はものうい午後の視線で
だがふいにすばやくぼくらの指の接点を
突き刺しにくるだろう
黄昏れて行く老いた象の眼のようには
ぼくら待ち続けることができない
だから常に見てさわって走りつづけて
華麗な火花をとらえようと

暁の大気のようにはりつめている

二月の風つめたすぎるまなざし
花屋の店先きで
一斉に妖しく発狂している花々の姿勢
そのうてなの先端で
まだかすかにふるえている夢たちの断片
ぼくらは照れくさくなって
目をそらしてしまう
ひき裂かれた季節の割れ目をはしる
ぼくらのかたい靴音にふさわしい
リズムが　ほしい
鋭く切れこんでくるはげしい旋律が　ほしい
ああ　ぼくらにはすべてがある
だが　ぼくらはすべてをうしなっている……

見えない地平
その背後のさらに見えない地点に
見えるだろうひとつのうつくしいイマージュ

病んだ小さな太陽ではなく
本物よりもさらに生き生きと燃えたぎり
繊細な炎の飛沫を熱っぽくふきあげる
ぼくらの太陽のまぶしい内側
まぶたを焼かれても悔いないひとつの証し
ぼくらはそれを見るために
苛酷な二月の風にさからって
ぼくらのまぶたをはっきりと見開く

朝の種子たち

まぶたを伏せるひまさえなく
黄昏のあざやかな糾弾が
一瞬ぼくらの魂の暗室を
悔恨の色彩でうずめにくる
たちまち精神の数え唄がわきおこり
いくつかの行為が首をしめあげられ
長い遺言状のように空から垂れさがる

ぼくらはそれらのまぶしい紙片から
さかしく目をそらしてしまう
力なくながれる風の髪
近視の太陽のゆがんだ構図
昂然と傷ついた白い額をあげ
むしろさわやかにぼくらは
偽の太陽をたたきおとすことを選ぶ
そのとき世界は夜の湿った部厚い指に
復讐の刃をしっかりと握らせている

黄昏の死と夜のはじまりの
おびただしい経験　剝げつづける石の肌
野獣の光る目を持たない古い誤ち
光の飢えと官能の飢えの微妙な調合
夜は熱っぽい無数の指をゆらめかし
ぼくらの未知の柱にまといつく

幾千幾万の絶叫の祈りが

夜の盲いた背中を一気にかけあがり
星座たちのすずしいまなざしを狂わす
あふれでる霧の河はふいてもふいても
ぼくらの思考のガラス窓をくもらせつづけ
すでにまぶたは視ることを怖れた罪で
ひとつひとつ確実にえぐり取られ
空の廃墟に投げこまれてかなしく光る

かすかなせせらぎがきこえ
美しい旋律となって近づく
ふいにそれは巨大な斧に変り
内奥の闇に鋭く切りこんでくる
ふるえる花弁の触角　破裂する樹木
無数の亀裂がまたたくまにはしり
風のはげしい痛みをあびてぼくらは
あおざめふるえつづける夜気の視野に散る
……………………
朝の種子たちが無数の
目に見えない水蒸気のようにたちのぼる
夜の熱っぽい笛が折られる
すばやくすべりこんでくる新しい視線
朝のしなやかな指が
花びらに触れるようにやわらかに
無数のまぶたを開いて行く

おびただしい葉群にむらがる
光の斑のまぶしさ
てれているぼくらの肩先きを
世界がふたたび親しみをこめて突き放つ
不器用なのはぼくらの罪じゃない
美しい鳥たちの空のように
ぼくらのめざめはういういしいはずだ

光のかたち

ふりすててきた苦い汗の河に

無数の烏たちが群がり
こぼれた刃のような叫喚を
あびせるのが聞える
これはぼくの意志だったろうか
かぎりなく地下をはしりつづける
ぼくの視線はめまぐるしく動く
灰色の壁にくり返し叩きおとされ
力なくくず折れてしまう

だが風のように吹いて行こう
ぼくが優しさであるため
ぼくの掌がこぼれるものを
すくいあげられるようになるため
だからぼくはぼくのことばの城を開け放ち
イメージの網でことばをくるみとろうとする
だがことばはことばになりそこねて
かなしくくだけながら黒い雪になる
黒い雪が一面にふる
いつまでも未完のエチュードのように

グラスの顔が白い嘔吐をくり返す
血のひびがはしり　ふいに涼しく割れる
ひとびとの無数のまなこが
あやしく光りながら視界をよぎる
時としてそれらは
地の底で序奏のリズムを生み
ひとつの遠い幻の塔に変身する
ぼくの内で崩れかけていたものが
起きあがろうと最後の力をふりしぼる
それを支えるために　光にはげしく憧れる
光のかたちを　光の構築を
ぼくははげしく夢見る

それは錯覚だろうか
ふいに水音が耳馴れない
新しい音階を奏でる
風のけわしい曲線が
まぶたに鋭くきりこんでくる

光はまだ見えないが
そのすぐそばまできているのがわかる
ぼくの右手の五線譜のような指
それは光のかたちに似ているだろうか

燐光のように
夜の傷口から傷口へと飛び交う
ぼくのしなやかな指たち
世界のこわばったものたちをめざめさせ
その眼の内へぼくだけのしるしを
確実に刻みこむため……
そして　ふいにぼくは光にとらえられる
ぼくは高い声で歌い出す
そのとき
持ちかえった世界の美しいまなこたちが
ぼくの空間で新しく解放され
星座のようにまぶしくふるえはじめる

にがい夜の唄

とても大きい夜の唇の内側に死の唾液があふれると不幸せな恋人たち不器用なしぐさでとぎれた夢を紡ぐ鳥たちくちばしを折り曲げて眠る今夜も血まみれの空にいじめ抜かれながら眠るすべてのまなこが重くなり軽くなり重くなり乳色の霧の領域をはしる暗い回廊の壁にくるしく塗りこめられて不安な風のように眠るさむい時代のつめたい額ににじみ出る苦渋の汗青年も眠る頑な樹木のように根を折り曲げて青年の入江でふるえるナイーブな核がうずくのは深い沈黙のメスのうえ音もなく走る夜の背中にたくさんの星が流れるその無意味な饒舌が首吊人の目のように美しい
青春は柘榴の傷口を額にうけたまま凍える熱い風の中でくるしくふるえる冷蔵庫の真白い把手開いてくれぼくらの部屋ぼくらの希望に六月の雨はつめたく流民は泥海の岸辺に黒く群がりかなしい目つきで世界への護符を求める疲れた無数の肩先きを押し分け青年は挑む種子を蝕んでくる見えない不安に向って生活ってこんなに重いもの

かしらとつぶやいていた女はもういなくてふいに柔かいうなじを押しつけてくる少年の尖った肩先見馴れた観念的な世界惨めすぎる啞者の倫理大きすぎる夜の窓に額を押しつけ予期しない真昼の痛みに目を開く

水脈はあるだろうか部厚い夜の突堤を押し流すはげしいリズムは醜く開いた柘榴の傷口からしたたる夜の血夜の精液青年はなおもふるえるまぶしい記憶のフィルムを焼きつけるにはあまりにもくるしいたたかいの眼の色とおいとおい夜の心臓見えない裂け目歌えないサックス世界は耐えるにはとてもくるしく拒絶するには美しすぎる青年の前にバイパスはない花開けパンジー真昼のものうい壁に見えない朝はいつまでも遠く重い嘔気が青年を夜の杭につなぐ悪夢の頂きでなおも不安定な青年の位置サントロペの美しい朝をさえぎるぼくらの湿った領土でめざめつづけるにがいにがい夜の唄だ

とおいとおいめざめ

とおいとおいめざめとおい声とおい部屋かくさないでくれもう一度ぼくらの腕に返してくれ薔薇と石鹸の香りにゆれていた部屋透きとおっためざめと軽い貧血が水道管をふるわせぼくらの喉元までこみあげてきた部屋照れくささにむせびながら鏡のなかの自分の額に額を押しつけウィンクしてみた部屋髭の感触石鹸の泡立ち頬のうえのかすかな血の痛みなどが好きだどんな無意味なしぐさにも意味があった世界はぼくらを充たしぼくらからあふれぼくらは熱い唇と腕をもって世界と結婚した光のなかをきみは駆けてくる真白いテーブルクロスを肩に気まぐれな星雲のように饒舌な夢をだきしめてきみはどんな理由ももたなかっただけどきみを好きになるためならどんな理由だってあったんだすてきな髪のこと唇のこととりわけきみの軽やかなミクロコスモスがぼくを魅惑したきみは見事なほど自由に生きていた汲んでも汲んでもあふれてくる不思議な魅惑ぼくらはほとんど反日常的な狂気の岸辺で夢を紡いだだけどそんなきみがぼくからさえも自

由になる必要があったなんて別れるとき優しさと残酷さをもてあましてきみはつめをかんだあなたはいつも白い塔のように武装しているのね傷だらけになった裸の真実だって美しいのよそれからナップザックかついで新しい狩に出かけてしまったああおせっかいな他人がきらいだ一人前のどう見てもこわれそうもない男たちがきらいだお説教が大きらいだ目に見える声はいつでもささやく早く死人になりなさい今は死人だけが生きるすべを知っている時代冷酷な協同作業には魂なんかいらない不器用な反抗を捨てて許されたバカンスを楽しみなさい勝手にしやがれ死人は死人の世界へ帰るがいいぼくらはとどまる夢と現実の引き裂かれためくるめく原点に不毛だけが目のしたをながれる夜のモノレール吐気と倦怠と呪詛が悪臭を放つ生のオベリスクにくるしく塗りこめられていくつもの暁をこわしてしまった死人たちの眼希望ということばに触れることができないぼくらの指燃える樹のこと海のこと難破船と汚ない酒場ああブルーモンクぼくらは一体だれなんだ怒りと不安でまぶたをいっぱいにしてはじめて純潔をながしてしまった少女のようにたまらなく快活でまぶしくってかなしくてまったくのところ痴呆状態でとおいとおいめざめとおい声とおい部屋やさしくだがきっぱりと埋めてくれぼくらの恥らいに充ちためざめの部屋悪い時代のつめたいモノローグをまぶたに女たちのやわらかい髪をえりまきにぼくらは不器用に生きるだろう死人たちの頭上でかれらのちっぽけなガスレンジに火を放つことさあ熱くはげしく抱いてくれさわがしく不安なぼくらの時代よめざめはさらに深い感受性の傷口から血のようにあふれてくるはずだ……

センチメンタル・ジャーニィ

騒いでいる血騒ごうとしない怒り
狩り残された夜明けの
血の沼のような
まぶた
そのうえをながれるのは
いつも名づけられないとがった悲哀

騒いでいる血は
日常性の梅毒に犯されて
狂気の丘をのぼる
怒りはどこにもない倉庫に凍結されたまま

風に吹かれることもなく
どこへ運ばれて行ったのだろう
雨の朝からのいちじるしい出発
思想のない別れ
いつまでもかくされている兇器
とおい記憶の丘のうえには
臭ったキャベツ破産した欲望がいっぱいだ
熱い夜は終り橋はながされ
海浜ホテルのふやけた朝
瀕死の恋人たちには暁の汗の死
海の膿み

ぼくらには本当に何ができるのか
この決定的に貧しい肉感のうえ
ぼくらの不定形の行為が
無意味なフラッシュバックのように
とびちるしかない
饒舌な白昼夢につつまれた都会の底辺で
だから愛はいつでも優しすぎる
あてどない不安定な感情の裂け目を
薄い血のように
のぼったりおりたりしている
ぼくらの生のプールは
立ちどまった恋　もうあふれだして
世界のシーツを熱い虹で
突き破ることもない

暗い血は
夜になるとどこへながれさるのか
名前のない真白な真昼を
どこへ埋めようとして
ひとは夢のプラットホームで
スコップをにぎりしめるのか……

だれも知らない
歌えない
ふりかえらない
そしてうわの空の季節を
風のように吹きすぎるばかりだ
どこにも手応えのない
サンドバッグを叩きつづけるだけの青春
怒りを忘れた無名のボクサー
決着のつかない酸っぱい休日《ホリディ》

都市は
美しい放心状態におちた
白痴女の長すぎる腕のようだ
コカコーラほどの魅力もないぼくらの国家
ブルジョアのゴーストレディが
いたるところ
見えない死の車をとばしてくる
幻影の季節
死臭と倦怠が部屋いっぱいに充満する

ぼくらの世紀には
どんな美しいフレーズも・
死者たちの渇きを充たすことはできない

たとえば　すべてのたたかいの地で
ヒロシマで
今日もひとは悲惨な死を死ぬ
そのむごたらしい死の鏡のうえでは
どんな痛ましい墓碑銘も
熱い涙も
かれらの深い傷口をふさぐことはできないのだ
突然の終りすべての旅の終り
死者たちはもう汗をかかない
風に吹かれて
花々のむせるような
やわらかいイマージュに触れることもない
愛することもなく
名づけられない怒りで
まぶたをいっぱいにすることもない

もし死者たちが語りはじめたら
かれらは口々に言うだろう
ぼくらの生は裏切られてあることの連続だったと
その苦渋に充ちた丘のうえで
ふいにたちきれたまま
暗いひさしの蔭へ
弱々しい嘘のように突き出されて行ったのだと……
スクリーンのうえ
血がにじむようなページに広がる
沈黙のつめたさにおののきながら
かれらの死を受感するとき
ぼくらの腕もまた死に触れるのだろうか

けれども
死はけっして
スクリーンやページのうえにはないのだ
他人の死を錯覚しながら
かなしみを拳《こぶし》のようにせいいっぱいにぎりしめて
自らの生を確かめている……
これはぼくらの幸福すぎる
死への背理だろうか
今日の苛酷な死者に
もっともふさわしくないものがあれば
それは何物も産まないぼくらの
うちのめされた沈黙だろう
生を悲惨な無人地帯《ノーマンズランド》にしたくないなら
傷だらけの勇気と兇器
アクティブな沈黙にも似た愛がいる

だがどこまでもほぐれない
情感のさわがしい海にくるしく
溺れてゆくとき　ぼくらの悲哀は
むきだしの兇器のつめたさをもたない
真昼はくりかえし破産するだろう
ブルースはさむい唇を割るだろう
恋人のやわらかい舌のさきで
熱い爪のようにとけてゆくあした

悲哀はさらに脱色されて薄くなる
さあはやく剝いでくれ
血がまじったゼリー状の悪感だらけの長い眠り
夜から夜への病院には
名前のない死体だけがいっぱいだ……

愛のうた——ジョーン・バエズに

やわらかく透きとおった悲哀が
優しい情感のメッセージを伝えてくる
あなたの美しい声の丘で
いっせいにめざめはじめる無数の耳
熱い血が還ってくる
心臓の唇がゆっくり花開く
見えてくる
石牢の痛みが
河の流れとゆれる木立
娼婦とけものたちのかなしみ
恋する目アムールアムールアムール
世界中にふりしきるつめたい雨
炎のように
雪のように
芳醇な葡萄酒のように
あなたのララバイ
あなたのバラードが世界の空を満たす
悲惨と不幸
くらしのプラットホームで疲れている魂を
あなたの手はあたたかくゆさぶり
怒りにかられて激烈にひっぱたき
美しく哀切な夢のメスで
ひとの胸をふいに突き刺す
それからあなたはギター片手に
霧と硝煙がいっぱいつまった息苦しい世界の
窓というすべての窓を開け放ち
たたかいの渚に立つのだ
唄は兵器や景気の壁の前で
可憐にくだけてしまう

だけど　あなたは
恋するうたう生きる
それがあなたのナイーブな勇気なのだから
あなたの唄は　ハイウェイの旅をきらい
いつもひっそり還っていく
土の感触に　裸足のあしたに
空の樹に　海の仔牛に
黒人の少女血だらけの日曜日に
死んだ兵士とその母親に
オレゴン州ポートランドタウンに
黒い髪アーモンドの頬
恋するもののすべてのまぶたに……
しなやかで強靭な魂《ソウル》の
愛のうた
ジョーン・バエズ
あなたのかすかな自由がとてもまぶしい

未明の声

夜の底をくぐるとき
はげしく咳こむ喉に黙秘のメスが光る
声を持たぬもの
声を奪われたものたちの叫びが
世界の地平を闇にする
今どのようなことばも沈黙に等しい
だが沈黙に耐えられないことばは偽りだ
わたしの歌は途絶する海鳴りだ
黙するものたちの怨念の声だ
たとえば　ため息や呻き
すすり泣きや怒りの声が充満する
異様な空間があって
そこを通過するたびに　わたしは
傷だらけになった夢の人々と出会う
雲は低く大地を飛び
裸木は風の洪水にもまれて折れ曲る
執拗にふりしきる雪は情念の苛立ちだ

存在のひたむきな問いかけだ
魂の細い血管を
死の水位がのぼったりおりたりしている未明
磁器にそそがれる水は
いつか血の色に変り
虚妄の論理は花粉のように拡散する
おびただしい薬品や電化製品
群立する銀行や
死んだ新聞紙の活字の間を疾走しながら
わたしは時代のカタストロフを予感して
はげしい渦状星雲のめまいを経験する
どこへも出立しない人々の群が
どのような夢を日常の裂け目に
張りめぐらせているのか
わたしにはわからない
抱きとめる愛はあるだろうか
死に対峙する思想の懸崖はあるだろうか
自己の死を発見するために
わたしは他人の生と刺し違える

一人称の暗闇を突き抜けて
未知のきみと出会わなければならない
この深い苛酷な未明に
きみはどこでどのように耐えているのか
きみの未明に
どんな声が響くか

渚

またしても雪
かなしい炎のかたちで指が燃える
白い海にただようのは虚妄の生活
しがみつく水藻をふりほどき
裸の板のようにはりつめて歌う
どうしたら生きられるのかと問う前に
ぶざまに生きてしまっているわたしだ
魂の背理は時として美しい
溺れるなら溺れてゆけ

ずぶ濡れになって死者たちの意味を生きるのだ
ついには死の国境からはじきかえされ
蒼黒い午後の水底に沈むどこまでも
わたしの肩はとがっている
わたしの肩はつめたいだろう
にせの思想や連帯から訣別するのがわたしの運命だ
破産した愛をどの地に埋めたかはもう忘れた
北国の二月はつめたく透きとおって
広瀬川の水辺に鳥たちの死骸がちらばっていた
どこにも生きるための美しい希求はなかった
怖しいほどに凍結した氷の柱
これがわたしたちの季節だ
めぐる砦の日々を砂のようにこぼして
吹きすさぶのは雪嵐
髪を濡らしはげしい身ぶりで揺れるイマージュの樹
凛とした優しさで
白い海の虚妄を追いつめる
ひたむきにいのちの水をもとめ
どよめく花火や指笛の都市を過ぎて
渚の朝を踏む
口から喉まで針千本
血をながさずに語りはじめることはできない

北のうた

のどにつめこまれた拳《こぶし》
その辛夷《こぶし》の白い花……
見つめるだけの行為が途絶したとき
確実に死の季節はめぐってくる
北のまち
夢と絶望がもっとも深い稲荷小路
歌と荒廃が西公園のポプラ並木をふるわせ
広瀬川は今日逆流していた
つめたい炎の階段をだれよりもはげしい身ぶりで
わたしはかけおりる
川内追廻住宅は追いつめられた魂の住むところだ
よろめいてゆけ　幽暗の冥府を

ぶらさげた地球の重さがわたしの手足だ
凪はふいに立つ
閉じられたまぶたの裏側で
風葬の祝祭がつづく
あふれる花々や石けんの匂いから
氷の階段をふみはずし
わたしはとおくまできた
どこかに美しい水はないか
心から心へと流れていく比類ない結びつきはないか
優しさだけでは生きられないよ
感受性のままに魂は老いるが
荒野を耕す野人のように
凜とした希求のはげしさで
見えない土地に夢の種子をまくのだ
良質のブランデーを手で温める余裕はない
訣別の朝
出血がとまらない痛みの年齢をこえ
濡れしぶく渚の砂から出発する
海よ　巻きあげろ　わたしの帆綱を

北の海がマストよりも高く飛びあがり
白い牙を剝き出しておそいかかるまで
水葬の海を火の方舟が進む
血迷う北の海
つめたくけむる北のうたがわたしを呼ぶ！

火の顔

なにを見つめているのか
なにを祈っているのか
なにに耐えているのか

カマド神
カマヲトコの面
カマド仏　火男
農家の火所に存在した身近な神
小さくくりぬかれた目から

透きとおった炎がふきだしている
歴史の風がふきぬける
貧しく死んだ民衆の亡霊が
たちあらわれる

一揆や娘の身売り
日照りの夏や雪の白い恐怖に閉じこめられ
なおも生きつづけた人間たち
生まれて食べて愛して死ぬ
その単純なくりかえしを
カマドの柱のうえから見守ってきた
人間以上に人間的な　その顔

あるときは瞑目し　あるときはにらみつけ
仏面のように柔和で　また人間臭く
苦渋に満ち
きまじめに　なにかを見据える幻の顔
おまえたちの面の背後には
いつも　いのちの炎が燃えさかる

確かな日常の手ごたえと
あたたかい火のぬくもりがある

わたしを連れていってくれ
おまえの小さな目の奥をとおって
みずみずしい夜明けの国へ
失われた時のかなたに広がる
まぶしい光の火矢の中へ

おまえたちは帰ってゆけ
文明に毒された支配の日々から
くらしの裏がわをとおり
さかまく河を遍歴し
自在鈎がゆらめくほの暗い火所へ

いま見えない自在鈎に
ひっそりと吊るされているのはわたしだ
おまえたちの位置する壁面に向き合い
火酒をあおるのは火傷の魂をもつわたしなのだ

野の果て

果芯がまっしろに裂けてゆく
裸の板がくらい火であぶられる
かさねられたくちびるのうえで
死の予感が羊水のように満ちてくる
命名するものとされるもの
だるい湯水をあびて目から腐るやつら
時代はあらゆる汚辱のちりあくたにまみれ
血の沼を孕む
舟を出せ櫂をくれ
沼から沼へ島から島へ
はりつめた伝令のように傷つき苛だちながら
悲哀の砂袋を運ぶ
どこかに暁の匂いのする鮮烈な出会いはないか
どこかに暁の最初の光のように
ひととひとの心を結びあう優しいきずなはないか
共同便所の思想ではなく
個別性が忍従の真昼をこえて

美しい歌のようにひろがってゆくものは？
つまさきからいっしんに冷えてゆく
ひとつの行為が秩序への虚ろな加担でしかないとき
なおも関わってゆく
ひたむきな水の生を名づけるために
渚の島宇宙にふりしきる灰色の雨
感性の繭が蒼白く燃えつきるとき
ひとつかみの水仙が脂ぎった手でむしりとられ
時代のくらい鏡のうえで死んでゆく
青春の遺書は白紙
風に吹かれるページのあいだから
血まみれの顔たちがこっちを見ている
それを荷って生きる
野の果て
いのちのうたがわたしを灼く

（『北の旅』1959-1974　一九七四年匣同人会刊）

詩集〈炎の樹〉から

野菜売りの声がする朝

野菜売りの声がする朝
　めざめておれはまぶたの底に
まだ夢のかごをぶらさげている
　　だからとてもねむいのだ
にんじんごぼうピーマンねぎキャベツ
どうして夢の中に
　野菜ばかりでてきたのだろう
　（つねになにかに飢えているおれ）
あの野菜売りは
　おれの夢の市場からきたのだ

うすぐらい路地をまがると海だった。繋留船からかもめが飛びたち、おれの若い恋人は銃でかもめを撃った。どうしてそんなことをするんだ。彼女は銃口をおれに向けた。目に挑むような火の狂気をうかべて。おれを撃ってどうする？　どうもしないわ、ただあなたの死にざまが見たいだけ。彼女はおれを撃った。胸の中で重い鐘が痛くゆれた。みずきの白い花が、かすんでゆくもどかしいフィルターの向こうがわで、はげしくざわめいている。あおれもついにくたばるのか。せめてあのみずきの白い花と水の感触をかなしみのかごにつみ、死の国へ運んでゆきたいのに。血の空が墜ち夜がきた。……市場でおれは野菜だった。にんじんごぼうピーマンねぎキャベツ。どうして肉ではないのか。おれの肉はまだよくしまっているのに。悪い色刷りの新聞紙、二重にずれてみえる売人の顔に、おれは毒づいた。売人は紙の口をしわだらけにしてなにか叫んだ。そのことばは自国語でも他国語でもなかった。この世のものとは思えなかった。〈野菜〉ということばだけが、はっきり発音された。おれの魂と肉体は野菜になって売られていたのだ。おれの野菜を買ったのはだれだ。おれをかえしてくれ！

野菜売りの声がする朝
　おれは夢のかごを
　　まぶたからはずして
つめたい水にうかべた
　かごはすぐ透きとおって
　　　　　　　　消えた
おれは人間にもどっていた
　（はたしてそうだろうか？）
　歯をみがくと
　　かすかに血と野菜の匂いがした

魂《ソウル》のうた――コルトレーンに

そんなにせつなく

そんなに鮮烈に吹かないでくれ
コルトレーンよ
あんたのサックスは熱くてクールだ
十五年前　あんたと出会わなかったら
おれは詩なんぞを書き続けなかっただろう
あんたはおれを酔わす
狂わせてしまう
美しく歌いすぎるんだ　あんたは
魂《ソウル》のアジテーターなんだよ
とてつもない感情の宝庫に火を放つ
サムシング　クール
サムシング　ブルー
生の断片をアドリブですくいとり
優しくくるしく歌いつないだコルトレーンよ
自分のため　黒人のために
そして　あんたのサックスに魅せられた
世界中のあらゆるひとびとのために
この国のどんなミュージシャンよりも
あんたはおれの心臓《ハート》をとらえる

まるでおれの歌を吹くように
けれども　あんたはサックス片手に
この世におさらばしちまった
音の河がながれこむ
見えない世界の果てで
ふいにかなしく透きとおって行ったのだ
終止符のように
沈黙した風のように
コルトレーンよ
そっちの景気はどうだい？
いまどんなフレーズを吹いているんだい？
あんたがいなくなってから
こっちはもっとひどいよ
灰色の都市は人間が住むところじゃない
人間狩りのブリザードが吹きっぱなしなんだ
かがり火　魂の火の色は消されてしまう
この地上ではそのうちに
あんたのサックスも忘れ去られてゆく
だが　あんたの魂が見えてくる

幻のレコードが聴けるあいだ
おれは詩を書くだろう
この国の貧しく痛ましいくらしを
あんたは吹くことができないから
あばよ
おれには自分の歌がある

鉱山幻想

うたいくるめき酔いどれて男は
あふれでる霧の河を払いつづけた
ふいてもふいてもまぶたはかすみ
足はよろけ地球は傾く
男はしきりにつぶやいた
おれは帰りたい鉱山《やま》へ
おれの破産したふるさとへ
まぶたの底を笹舟がただよう
裂けたあけびの実がゆれる

ふいに亜硫酸ガスの匂いがたちこめ
男は小児喘息の発作を思いだす
廃鉱となった坑道にしたたる赤い水
灰色のアパート群はくずれ
赤旗の林立もない
閉山した鉱山《やま》は男の記憶の闇で
逆転するフィルムのように
たぐりよせられ
閃光のようにきらめく
男は突きあげる寒さにつんのめる
そうだ鉱山《やま》はよく吹雪いた
積雪二メートル
純白の雪はひとびとのくらしを閉じこめ
野うさぎは鮮血で雪を染めた
長屋から長屋へ
ムシロで囲ったトンネルが
魂の迷路のように曲がりくねって
裸電球が吹きこむ北風にはげしくゆれた
角巻で顔をかくした女たち

ひとみだけが異様に美しくひかる
指はつねにつめたく凍りつき
ことばは重く雪の底に沈んだ
急に男のまわりがざわめきはじめた
濃密な夏の日
ひとびとが叫びながら走りだす
坑内火災だ！
男の全身が火照る
ふるえがくる
額ににじみでる汗は乾いた空気を湿らせ
不吉な予感が胸をえぐる
燃える硫黄のきつい匂いがのどを焼く
もっとも長い一日が終ったとき
悶絶した男たちは
毛布にくるまれ地上へ帰ってきた
土気色の顔はもう笑うことがなく
節くれだった太い指は女に触れることもない
白衣の看護婦は目頭をおさえ
妻子たちは涙の河をふり払い

血相をかえて会社幹部へつめよった
男はどすぐろい胸をかきむしる
肺につめこまれた見えない灰の日常
けれども美しい日々だって存在したのだ
男の幻聴は祭り太鼓に波だつ
若い衆は鉱山音頭をうたい
娘たちはういういしい浴衣姿でおどる
素朴な恋がうまれ
こどもたちがはやしたてる
墓地に無数の炎がゆらめき
生者と死者が幻の時の中で交錯する
近在の村から地上の楽園といわれ
鉱山《やま》の住人たちはささやかなくらしを
力いっぱい生きていた
しかし時代は巨大なハンマーで
ひとびとのくらしを砕いた
日本中の石油コンビナートが
回収硫黄を吐きだして
鉱山《やま》は倒産した

男は鉱山《やま》をおりた
砂をかむ日々が通りすぎ
卑くつなこころを呪った
あてどない怒りが男ののどを充血させ
それを鎮めるために安酒をあおった
鉱山《やま》はすでに存在しない
過熱した酔いのなかでしか
めざめてくることはない
男は幻影のふるさとへむかって
酔いどれの歩みをつづける
男の濁ったまぶたの底に
またしても幻の鉱山《やま》がにがくうかびあがる

炎の樹

十月の青空から
微細な血の針がふってくる
そのおぞましいスコールにうたれながら

広瀬川の岸辺でバケットをかじる
乱発した青春の空手形が
支払いを求めていっせいにたちあがり
洪水のようにくずれてくるから
魂の火の色は水びたしだ
きみのまだ新しいバスケットの中には
どんな鳥がはばたいている？
どんな炎の樹がゆれている？
いつかきみも手痛く知るだろうね
カレンダーの日付から欠落したある日
鳥がどこへも飛ばないことを
炎の樹が灰でしかないことを
そのかわりきみの手は
見つけることができるだろうか
飛ばない鳥をひそかに飛ばし
灰の中から炎の樹を生みだす仕方を
だれもおしえてくれないよ
欲望の消費量をバロメーターに
死の書物や赤字だらけの帳簿をくくっても

それに触れることはできないだろう
かたちのあるものじゃないからね
だがそのための場所が
きみの生きざまと刺し違える個有の核が
どこかにあるかもしれない
そしてわたしの籠はとうにからっぽだ
くらしのハードルは
籠がからっぽであろうとなかろうと
籠の中に火薬が詰っていようと
積乱雲が渦巻こうと
そんなことはおかまいなしに
くるしい胸の高さにまで迫ってくる
背後で閉じられる病室の扉はブルー
真正面から吹いてくるつめたい風は何色？
肉屋の前で孕み女が吐いていようと
西公園前のポリ公が広瀬川でくたばろうと
胸に迫るハードルを飛ばなきゃならない
火の祖国が闇の底に沈んでゆく時代
青空の切れはしをにぎりしめ

有害物質でくらくにごった気圏の入口で
危険信号のようにまたたきながら
いのちのつばさをつくろう日々にも
わたしの前には越えるべきハードルがある
わかるかい?
その行為をひたむきに生きなければ
きみの鳥も炎の樹も
新しくよみがえることはないのだ

炎の樹II

ふいに駅のアナウンスがきこえ
白い金属製の箱から
のめるようにおろされた
プラットホームは消えかかっている
こんな不確かな駅へきて
おまえは一体どうしたのだ
とにかく氷の板のように
闇の生涯を漂うのはつらいよ
気がつくとここは夜明けの野原
つりがねそうやりんどうの
やわらかい小宇宙につつまれて
いつまでもゆれていたいマイナーブルース

野の果てから一人の娘が走ってくる　白い布を未来のようにまとって　きみは首都で夢に挑む若い種子の恋人　そしてわたしは仙台という星座で明滅しているささやかな発光体　胸を豊かにはずませてきみは近づいてくる　正面からぶつかりそうになった瞬間きみのひとみの中に熱いイマージュを見た　きみはわたしの胸を通り抜けて消える　ふりかえると駅の尖塔はすでになく　草茫茫の野原が熟れた海のようにざわめいている　きみが現われた野の果てがぼうっと光る　大地から空へ垂直に流れこむ光の束　近づくと丘のうえで大きな樹が燃えている　あの巨樹は異次元の空

間がしわよって出現したのだろうか　ごうごうと燃えさかる炎の樹のまわりにはひとびとが神秘の輪をつくっていた　瀕死の病人はベッドから幽鬼の手をのばし老人たちは燃える樹を拝んだ　乳房を突きだして生命の樹を讃えるのは桜色の娘たち　奔放なタッチで画用紙に炎をちらすのは頰の赤い元気な子どもたち　くらしの毒矢に射抜かれているわたしは訝りながら最前線へ出た「この不条理な存在を炎の中に投じよう」　けれども炎の樹は突然凍りついた　世界は光の裂け目を閉じてわたしは灰の樹を抱いていた　炎の樹はたぶん夢の物質からできている　夢に踏みこむ力を失ったとき　炎の樹は灰の氷柱に変る

灰いろのつめたい雨になぐられ
丘がくずれてわたしは闇に沈む
白い金属製の箱に閉じこめられ
ふたたび名札をつけられて
わたしはどこか次の駅へ送られる
けれども深夜の見張番のように
この世の修羅場をさまよいながら
くりかえし炎の樹をさがしに行こう
きみのひとみには
きっと熱い炎の樹がゆれている
そしてきみを見つめる
わたしのひとみの中にも
たぶん炎の樹が！

炎の樹III

見える木について語ろう
あるいは見える木の幻影について

「あれが炎の樹よ
　お母さんがおしえてくれたの」
きみの声が世界の新しい扉を開いた

風にゆれる紡錘形の炎
燃える木の映像

木の名前はカイヅカイブキという
ヒノキ科の常緑針葉高木で
イブキの園芸変種だそうだ
ほんとうは野生の方がふさわしい
だってイブキは息吹きに通じるからね

（いまブランディグラスの中で
みどりいろの炎をあげる一本の枝）

仙台市博物館前の庭に
あれから何度も炎の樹を見に行った
けれどきみが仙台を離れてから
炎の樹はもとのありふれた木立に
もどってしまったらしい

そしてやっとわかったのだ
きみとわたしの生への熱い望みが
カイヅカイブキを炎の樹に変えたのだと
もう木の名前なんかどうでもいい
炎の樹は心のままに存在するのだから

炎の樹Ⅳ

風よ。
炎の樹よ。

神経の秤は傾いたまま。頬づえをついて窓ガラスの表面に開花する戦慄の線描画を見る。その亀裂から浸みだす血の地図。どんな慰籍も医者もなく、きしる季節の車輪に耳をすます。腐臭が種子の皮をこすっている。

すべての事物が斜めに走ってくる街。陽気な葬儀屋、酔狂な花屋、広告塔も公衆便所も傾いた家具のように焦っている。五月そして五月。公孫樹はみどりの火につつまれ、消防車がひっきりなしに転覆して。魂の火事はどこだ。

魯迅の碑。ここから青葉山公園のテニスコートは見えない。女学生たちの黄色い声援が火柱になる。空で青い果実がはじける。フレー フレー、ファイトファイト。いつから自分を励ますことを忘れたのだろう。胸に樹液はみちるか。

歌え、
炎の樹よ。

炎の樹V

まぶたを閉じても鳥は飛ばなくなった
かつて一万羽の未知の鳥が
まぶしく羽ばたいていた魂の空に
今は雪花菜《おから》がふりしきる
豆腐になりそこねた雪花菜
豆のしぼりかす　卯の花
そういえば豆腐になれなかった人生もあるね
雪花菜で一杯やる酒はうまい
乾いたまぶたの底に
雪花菜とアルコールの驟雨が……

＊

〈おから〉から〈おがら〉への距離はわずか
麻幹《おがら》は皮をはいだ麻の茎　夏の闇がどこよりも深い北国で　麻幹を燃やす　うら盆の火が無数にゆらめく　もしかしたらわたしたちは麻幹のような存在ではないか　見えない世界から死者たちは　麻幹の火を目指して帰ってくる　死者たちの目からはむしろ　生きている者たちの世界こそ不透明で　ただ麻幹の

火だけがくっきり見えて　それは炎の樹に似
ているだろうか

＊

いつからか
丘のことばかり考えている
緑ケ丘や自由ケ丘のことではない
ゴルゴタ　シッタルダの丘とも
違うようだ

丘は岡でも岡場所ではない
江戸時代の公認されない遊郭に
遊んでみたい気もするが
どう行ったらいいのか
だれか知っている人がいたら
そっとおしえてくれないか
あるいはタイムマシンの操縦法でも

日々の扉がきしむ

カレンダーの裏側ではきっと血が流れている
見えない丘を登っているのか
それともくだっているのか
あるいは突き落されているのかもしれない
わたしたちの内なる岡場所へ

＊

炎の樹を見たことがある？　たとえ見たこと
がなくてもその気配を感じたことはあるだろ
う　そう　どこにでも存在するし　だれの胸
の中にもあるが　それに気づかない　気がつ
いたときには灰にまみれている　かたちがあ
ってなさそうなもの　いのちの比喩に似てし
かもかぎりなくイマジネーティブで　それが
なくても生きてはゆけるが　一度その不在に
気づいた者は生涯を賭けてそれを求めつづけ
る……

＊

雪花菜の雪よ
麻幹の火よ
岡場所の闇よ

わたしをふりこめてくれ
燃やしてくれ
抱いてくれ　そして突き放せ！

＊

まぶたを閉じても鳥は飛ばなくなったが
時折鳥の影が横切る
磨きたてられた時代の急斜面を
氷上の橇のようにすべりおりながら
ふりしきる雪花菜と灰の中に
一本の幻の樹を見る
きみはいまどんな尺度で
世界の重みを計っている？
わたしはいのちの重さを
世界の重さと等価値に考える

そしていのちは
見えない炎の樹から生まれ
たえず額を焼かれながら
このつらい時代を生きてゆくのだ
きみのまだ新しいバスケットの中で
あいかわらず鳥は羽ばたいているかい？
炎の樹はゆれているかい？

定禅寺《じょうぜんじ》通から西公園経由で広瀬川へ

草いろのかげろうが
情念の並木からたちのぼる
またしても残酷な美しい五月
むせかえるような生の過剰が
ふと死への幻想を誘発させる
そのめくるめくような背理の季節
（その昔　青春のわたしは
死ぬなら五月だと夢見た）

風の道は定禅寺通
おびただしいみどりのほのおがゆれる
遍在するいのちは
どんなくらい季節の産道を
けなげにすべりおりてきたのだろうか
（冬の裸木　雪の樹が
　記憶の灰色の空でざわめく）
このやわらかい朝を占有するために
カメラのシャッター音やインクの匂い
インタビューの雑多なメモ
饒舌な電話にきっぱり背を向け
広瀬川へ向かってあるきはじめる

県民会館の前で青いポスターがはためく
唐突にセロニアス・モンクをおもう
あのなつかしい「ブルーモンク」よ
見上げると青空のステージで
モンクが狂気のピアノをたたいている
十数年前のサンケイホール
あの戦慄すべきアドリブを弾いた後
彼は夢遊病者のように　あるいは
自由の平原へ放たれた熊のように
光のステージをさまよった
黒い額からしたたりおちる汗
わたしの胸では未知の星雲がうずまいた
魂のボルテージがあがりっぱなしの
あの熱い夜をわたしは忘れていない
（牛乳配達の少年が自転車で
　定禅寺通を走ってくる）
その背後からレコードジャケットが飛んでくる
渋谷の〈デュエット〉に残してきたわたしの青春
あのころホレス・シルバーをくりかえし聴いた
このファンキーなジャズピアニストは
レコードジャケットの中で
白いレインコートを着て
朝の公園のベンチに座っていた
（雨上がりの清潔な朝の色調《トーン》
　それは長い間見失っていたものに似ていた）

彼の熱っぽいピアノにまきこまれ
まぶしいめまいの果てに
いくつもの暁の開花を
この手でにぎりしめたものだ
指を開いてみると
かすかに汗とオーデコロンの匂いがした
いまのわたしは
血まみれの来歴をにぎり
蒼ざめた亡霊のようにゆらめきながら
この北国で異邦の風に吹かれているのだ

幻の市電通りを渡る
一九七六年三月に仙台から市電が消えた
右手の車庫の方角は見ない
いま市電はひとびとの夢のレールを
あてどなくめぐっているだろう
影の小動物のように
ためらいがちに息をひそめて
やがてかぎりなく透きとおってゆくために

西公園の広場で
サッカーボールを蹴る半ズボンの少年たち
さあ熱いキックオフだ
きみたちの不定形の未来へ向かって
（わたしのかつての少年たちは
　どこのグラウンドで
　　つらいボールを蹴りつづけているのだろう）
少年よ　きみたちは幻のゴールポストに
どんなシュートを蹴りこめるだろうか
そのうちに気がつくと
幻の大時計は長い時間の経過を告げ
いくらパスしても仲間にとどかず
どこからもボールがまわってこない
そんなにがい経験のグラウンドを
ひたむきに走りつづけているわたしたち
（わたしの蹴ったボールは
　軌道を大きくそれて
　　人生の吹きだまりへ飛んでしまったらしい）
やがてきみたちも

自分だけの個有のボールを蹴りはじめるだろう
仲間から遠く置きざりにされながら
見失ったボールをグラウンド脇の草むらで
探しまわる屈辱！
わたしのボールはさまざまな付着物のために
宿命のように重い
だがきみたちのボールはまだ軽くてしなやかだ
さあ幻のゴールポストに向かって
熱いキックオフ！

地球は冷えた炎の歴史
日常はにがい失意の連続だ
市民図書館前の池には
まだ朝の白い匂いがたちこめ
抱きあう恋人たちを
透きとおった柵で囲っていた
この瞬間にも
コンピューターは死の確率をはじきだし
どこかの飢えた村では

新生児が泣きさけんでいるだろう
酔いどれ男が陸橋の上から
反吐と消化不良の日々を吐いている朝
世界中の清掃車が魂の廃棄物を集めては
空中にまきちらしている棘だらけの痛い朝
わたしのこころは微熱がつづく
（そして入院中のあの娘は
　今日どんな朝を迎えただろう）
きみの左足はまだ痛むかい？
病室の戸口にもっとも近いベッドのきみは
今朝も他の五人のために
松葉杖で不自由な片足を支えながら
食事を運んであげただろうか
心優しい若い娘のために
わたしにできることといったら
漂い流れる詩篇の水の底から
静かに語りかけることだけだ
（国立西多賀療養所からの帰り
　満開の桜の花びらに

きみのかなしげな頬がゆれていた)
まだ彼女が普通に歩けた頃
(谷風通りの「のんき亭」で飲み
彼女やその恋人など三人が
わたしの家に泊った
そのことを言いかけると
ベッドの上の彼女は「思い出したくないわ」と
強い口調でわたしの言葉をさえぎった
彼女のこころの傷はそれほど深かったのだ
「一生杖をはなせないと思うわ」
そうきっぱりいいきる彼女は
自分の運命を受け入れるために
けなげにくるしんでいる
美しい顔にほほえみさえうかべて……
わたしたちはきみの身がわりになれない
きみの恋人だってきみの左足にはなれないだろう
同情や憐憫はきみをさらに傷つけるだけだ
きみは自分の力で立ちあがらなければならない
そしてこのつらい時代を共に生きてゆこう

無力なわたしがきみにいえる言葉はこれだけだ

突然わたしは走り出す
幻のボールをかかえ
迫ってくるラガーのタックルをはずし
樹々の間をジグザグにすり抜ける
どこからも歓声はあがらない
栄光なしの無名のラガーが走る
歩く自由を失っている若い娘の分まで
走れ　歳月の鎖を引きちぎり
けもののように熱い火となって
公園を抜け
両手を広げながら階段をおりる
市民プール前の砂利道に足をとられ
前のめりに転倒する
両手をはげしく突込み
手の平に血がにじむ
　(立ちあがれ　手負いのけもの
　くらいまなざしをはらって)

わたしはさまざまな川を愛した
川の名がわたしを幻想の水辺へ誘う
北上川　多摩川　松川
そして今わたしは広瀬川に向きあう
広瀬川の水に手を浸す
わたしの血が広瀬川の水にまじり
広瀬川の水がわたしの傷にしみこむ
魂を洗ってくれ
水よ　水の感触よ
つめたい水面を見つめていると
ゆらめく幻の顔が次々に浮んでは消える
みんなかつては元気だったわたしの友だちだ
（いまはどこでどんなくらしをしているか
　どんな水漬めの旅にあえいでいるか）
おびただしい灯籠が水面を流れる
こうしてひとびとは名もなく死んで
水底へかえってゆくのだ
目に見えない水蒸気となって
空の深みへ吸いこまれてゆくのだ

たった一回きりの生のきらめきのなかで
傷つき疲れたひとびとが
肩をおとしうつむきながら
広瀬川の水面を渡ってゆく
ほら　見えるかい？
あのあおざめた頬やふるえる手が
自分の生きたいように生きられなかったひとびとが
時折自分自身から抜け出して
水のうえを歩いてゆく
どこにもない幻の島へ向かって
わたしたちの時代のささやかなビジョンのように
つめたく光りながら
いつのまにかわたしもまた
広瀬川の水面を歩くひとびとの群の中にいた
せわしげな息づかいや舌打ちの気配が
わたしのまわりをとりかこんでいる
そうだ　わたしたちはくりかえし幻の島をめざす
それがわたしの魂のうただ
わたしはいまひとりではない

幻の他者の中でさらに鋭く生きるために
つめたい水の国を遍歴するのだ

（『炎の樹』一九七八年青磁社刊）

詩集〈火の奥〉から

火の奥

火の奥で花が揺れている
もしかしたら火は闇で
あの花のようなものが光ではないか
この世でそれをつかみたいばかりに
きみはいつでも階段を踏みはずす
たたきつけられた地面から氷の領土が広がり
季節はずれの螢火が闇を飛ぶ
つめたい楽器が血まみれの指をはじくので
きみの魂はいつも凍傷にかかり
その不定形の半分は
さむさのため白い発汗におびえる
どこまで行ったら
火の奥が素手でつかめるだろう
素足で生きることが

階段を踏みはずすことと同義の時代
夢の底で青果市場をさまよい
洪水の果てに
浮びあがってきた死者たちの
名づけられない果肉の散乱を見る
ざくろはくちびるのかたち
なにを叫ぼうとして絶句したのか
いまはもう無口なむくろよ
どんなしごとに生涯を賭け
腐敗したたまねぎのような心臓で
はかない夢の血を灰いろの空にめぐらせたのか
残骸が打ち上げられる朝のなぎさを
まがりくねった車輪のしぐさで
よろけながら帰ってくるきみは
まだ下半身を闇に没したままだ
かぎりなく奪われつづける日々の中で
その闇の部分を名づけること
火の奥に光の芯をさがすように

仙台から航空便で——アイオワの中上哲夫に

アイオワの空の青
揺れる樹々や風の音
水のきらめき
オハイオにはキャット・バード
つまり猫のように鳴く鳥がいるそうだが
アイオワにはどんな鳥がいるの？

きみからの絵はがきが
日付変更線を越えていたころ
盛岡で祭の山車《だし》を見ていた
太鼓のリズム囃子《はやし》声
こきざみにふるえる木の車輪
秋の透きとおった光を肩につつんで
盛岡の午後をゆっくり歩いた
日本の路上を走りつづけたきみが
いまどんな表情としぐさで

アイオワの風に吹かれているのか
いずれ他国語の洪水にもなれ
いつものように酔いどれて
新しい何かを素手でつかむ——
早くそうなればいいね

アイオワから絵はがきが届いた日
仙台は朝からつめたい雨
残業の校正刷を持ち帰って
アルコールもなしに夜中まで仕事をした
ついでに自分の魂にも朱を入れて

（炎の樹は霧雨にふりこめられ
　いまは何も見ることができない）

その夜一人きりの台所に立ち
青白いガスレンジの炎を
いつまでも黙って見つめていた
わたしの指は後手で

障子の桟《さん》をしっかりつかんでいた

なぜならふとした心の電圧がみちて
ガスレンジの炎に
藁の顔をかぎりなく近づける……
そんな恐怖が
皮膚に粟の粒をちらしたからだ

アイオワの空の青
揺れる樹々や風の音
ところでアイオワの女たちはどう？
そのうち妻君には内緒で
こっそり教えてくれないか
そしてアイオワの鳥は
どんな声で鳴くの？
アイオワにも炎の樹はあるだろうか
数日前から水道管が下痢をして
したたりおちる水の音が

血のように
魂のもっとも繊細な胸を
一定のリズムでノックしている

よくあることさ
よくあることだが
どこの場所へ近づいたらいいか
闇の底で手さぐりしている日には
黙って血の水音を聞くしかないんだ
くつしたの足に子猫が爪をたてる
その痛みにもたえてね

キャット・バード
北の空を猫鳥は飛ばないが
住みついた四匹の野良猫とくらし
時として火の声を発している（つもり）
その後ジャック・ケルアックから
電話はあったかい？
言葉の樹はどこに？

種子と花鋏

まぶたのうえで
果実が火をふいている

くらい倉庫をかかえ　よもぎよりもにがく
ブラックユーモアの時代をよぎる
あおざめた血沈の音が
かすかな吐息のようにふりしきる日々
魂のスクラップブックは誤植だらけ

花もないのに
つめたい鋏が空からおりてくる

おびただしい水垢におそわれ
抜手を切ってどこへゆく？
釣針ほどの希望にしがみつき
この世のしがらみにしがみついても
漂うのはシャボンの泡ばかり

樹がふるえながら
糸のようによじれてゆく

すべて幻影なのか　水の惑星にうまれ
北の緯度に生き　出会ういとしいものに
熱い声と未生の種子を投げる
いつくしみがにくしみにかわり
ことばが貧土のうえで死産するとしても

風の楽器が
雪空で鳴りひびいている

（『火の奥』一九八〇年沖積舎刊）

詩集〈サード〉から

サード

サード
軽い身のこなしができなくなっても
意識はまだ最前線にある
と思っていたら
日常のボールをかつての長島よりも派手に
はじいてしまった
弱体チームのホットコーナーはつらいよ
次々にひねくれ球が大地を這ってくるんだ

夕ぐれのグラウンド
泥と汗の感触にまみれて
いつまでボールとの不確かな関係を
身体に教えこまなければならないのか
少年のフットワークは軽かったが

グラブさばきは不細工な天使のように
夢と現実のはざまをさまよっていた
突き出したこぶしで
思わず自分の顎を叩いてしまう
そんな青春の驕りは今どこへ?

サード
旅ぐらしは虚ろなくらしのため
痛むのはこころの皮膚ばかりではない
ほんとうはもう
ベンチに座りたいと思っても
狂ったボールは火の玉となって
ベースラインぎりぎりに迫る
逆シングルで辛じて止めたが
すでに腰が落ちかけている
罵声の主を殺してやろうと振り向けば
もう一人の自分が意地悪く見ている

サードのシャドー

男たちのさむい背中で揺れるのは
どんな苦戦の傷か?
サードは第三の男
遂にトップとは無縁だ
くらい影をグラウンドに落して
サーモスタット付きの微温な時代を
ひそかに呪ったりする
ある日都市の遠景からはずれ
真新しい生誕の海へ走りこむ幻想……

シャドーとなってサードの位置に立つ
爆竹も花火もなく
チアガールの声援もない
(ああ女学生の白い下着!)
名もないグラウンドの片隅で
今日も飛んでくるはずの魔球に備える
この世にはまだ見果てぬ夢があり
夢はいつか見えないライナーとなって
三遊間をあっさり抜けてゆくんだ

視野のはずれでシクラメンが死ぬ
影の男は今日も熱球との出会いを待つ

弔い唄一つ——セロニアス・モンクに

誕生日が
一日しか違わなかったんだね
いまはもう冷えた炉の灰にまみれて
聴こえないピアノを弾いている
セロニアス・モンクよ

きみは一九二二年十月十日
ノース・カロライナ州
ロッキー・マウントに生まれ
わたしは十五年後に東京の大森で
この世のいがらっぽい大気にむせてしまった
わたしの厄日は一九三七年十月十一日

それにしても
わたしたちは一度しか会っていないのに
なぜこんな詩を書き始めたんだ?
しかもポッンポッンと吃る
きみのピアノとは反対に
おびただしい言葉の汗を発散させながら
わたしはどこへ行こうというのか
今日のわたしはおそろしくセンチメンタルだ

THELONIOUS ALONE IN SAN FRANCISCO*
HARADA ALONE IN SENDAI

きみに一度だけ会ったと書いたが
正確にいえばそうじゃない
きみのステージに酔いしれたファンの一人にすぎなかっ
た
一九六六年五月十六日夜
今はカナダにいる女友達から
チケットを一枚貰ってサンケイホールへ行った

例の帽子をかぶったまま
ふらりとステージに現われたきみは
無雑作にピアノをたたきはじめた
場末の安酒場でプレーする時のように
やがてアドリブがテナーサックス
ベースそしてドラムスへ移る
セロニアスよ　きみは狂った熊のように
ステージの草原をあてどなくさまよった
会場のボルテージは熱くてはじけそうだった
マッド・モンク
その時わたしは初めてきみの音に触れたんだ
その夜は久しぶりに燃えたね

THELONIOUS ALONE IN SAN FRANCISCO
HARADA ALONE IN SENDAI

あの時のきみは四十五歳
そしてわたしもこの十月で……
ブルーモンクはわたしの青春だが
わたしもまたマッド・モンクの自由を失い
管理社会の底辺で眠りこけるのか
多分わたしは死ぬまで
飼いならされることを拒否するだろう

まぶたにとおい霧雨がふる……
尖った肩で日常の風を切り
だが夢の破産をすばやく予感して
不確かな音の洪水に
胸までのめりこんでいた薄日の季節
セロニアスよ　きみのコードやリズムが
長く世に認められなかったように
わたしもまた不遇のまま一生を終える
それでいいのだとその時思った……

いまはもう冷えた炉の灰にまみれて
見えない狂気のステージをさまよう
セロニアス・モンクよ
きみのピアノが下手だという奴を憎む

こんなにメロディアスなきみを理解できない石頭が
この世には満ちあふれているんだ
ネクタイも請求書も破り捨てて
モンクス・ドリームの彼方へ
旅立って行きたい　そう　たった一人で

THELONIOUS ALONE IN SAN FRANCISCO
HARADA ALONE IN SENDAI

＊セロニアス・モンクのレコード名。リバーサイド、一九五九年録音。

雪がふる前に

雪がふる前に冬の支度をしよう
コンクリートの部屋は独房のようにつめたいから
せめて火のそばで言葉の船を燃やそう
私の貧土に蒔いた種子は今どこの暗闇を
悪夢のようにさまよっているのだろう
白い壁には一枚の版画を
できるだけ原色の鮮やかな色彩がいい
花火を一瞬定着したような
無数の赤い針が飛び散る直前の
危うい美しさこそが今はふさわしい
怠惰な日常の腐敗物を突き刺す幻の剣
雪がふる前に遠い友へ長い手紙を書こう
あらゆる意味の負債を計量し
夢のリングで相手をノックアウトする
気がつくといつも倒れるのは自分なんだ
デスクの上には完成しそうもない詩稿の束
そのそばにはレモンではなく梨を置こう
理由はいつだって説明できない
雪がふる前に傷ついた人と酒を呑もう
雪がふる前にコートの衿と志を立てよう

雪の日、ビートルズを聴きながら

雪の日、ビートルズを聴きながら
にがい麦の酒を飲む
つまみは大根おろしと
過ぎ去った歳月？
そういえばさっき指までこすったから
この大根おろしは血の味がする
なんとなく今のわたしにふさわしいか

仙台市台の原〈サンバード長崎屋〉へ
ショッピングの短い旅をした
グリーンの便器カバーO型一枚
無農薬野菜カイワレ二パック
ほうれん草一束
デンターライオン練り歯みがき一個
バター焼き用豚肉一〇〇グラム
スーパーマーケットのくたびれたオデッセイは
水辺から離れたオットセイのように孤独で
サンバードはどこにもいなかった

森の中の白い家
〈カフェ・ド・ヴィエナ〉のサンルーム
籐椅子に座ってコーヒーを飲んだ
人工の「森」に二月の雪が沈んでくる
取り澄ましたガラステーブルを覗くと
雪は闇の底から沸いてくる
「紙吹雪のようね」
隣のテーブルで若い妻が夫に語りかける
女の子はケーキを欲しがった
一家団欒のパステル画
わたしは黙って席を立った
ここにもサンバードはいない

雪の日、ビートルズを聴きながら
幽明界の見えないフェンスを越えた
ジョン・レノンの魂にふれたいとおもった
疥癬病みの日々

サンバードはどこにもいない
ビートルズのバラードだけが身にしみて

だれかサンバードに出会ったら
わたしが探していると伝えてくれ
雪の日、ビートルズを聴きながら
わたしもいつか幻の空を目指すと……

釘を踏み抜いて早坂愛生会病院まで

釘になるとは
手足が冷たくなることをいう
浄瑠璃の〈天網島〉には
「こりゃ手も足も釘になった」
という表現があるそうだ
わたしの脳味噌よりも重い
広辞苑という名の辞書が
それを教えてくれた

ところで
わたしの右足についてだが
釘にはなったものの
冷たくなるどころではなかった
仙台市花京院から駅前へ向かう路上で
一本の気狂い釘が靴底を貫いて
足裏の肉に突き刺ったのだ
一瞬何が起きたのか理解できなかった
激痛が背中の闇を焼き
右足の肉が燃えた

冗談じゃない
建築現場ならともかく
深夜の路上でなぜ一本の釘が垂直に立ち
かつてマウンドを踏み
三段跳びで鍛えた黄金の右足を
突き刺さなければならなかったのか
呆然としてガードレールにつかまった

不意打ちをくらったボクサーのように

それから悲喜劇が始まった
左足一本で跳ねながらタクシーを停めた
運転手は奇蹟のように優しかった
無線で調べ連れて行ってくれたのは
救急用の石名坂病院
受付で容貌の不自由な中年女が
冷たく言い放った
「ここは内科と小児科専門です」
あのジェシー・エンジェルのような
愛すべき運転手を恨んではいけない

不感症の女が突き出したメモを片手に
左足一本で赤電話のダイヤルをまわした
救急センターのおやじさんに外科を頼んだ
電話が切れたので掛け直すと
女性の宇宙人的なアナウンスが繰り返す
「ただ今電話が混んでおりますので
火星にはまたお掛け直しください」
十円玉を三枚無駄にすると
左足が疲れてきた
不吉な実感「もう若くない」

一週間ぶりに電話がつながった気分だった
だみ声のおやじさんは
「澱橋の早坂愛生会病院へ頼んでおいた。
電話してから行きなさい。
ところで、あんた、年は幾つ?」
「四十…歳です」
「そうか。三十代の人だと言っておいたよ」
おやじさん、ありがとう
そのうち二級酒一本おごるぜ
わたしの声はまだ若い!

左足だけで信号を渡るのはつらい
非情な通行人が奇妙な目で見ている
別に案山子やE・Tではない

こうして飛び跳ねなければ
前へ進めないしタクシーもつかまらない
ある若い友人はわたしを放浪の詩人だといった
片肺飛行のような片足歩行は
なんとなくわたしの人生に似ている
サウナに行こうと思っただけなのに
今は左足一本で跳ねるピエロだ

それにしても一本の釘よ
自らの使命から疎外され
打ち込むべき材木や板もなく
路上で摩滅する運命を呪っていた
全長二・三センチの細く鋭い釘よ
幻の標的を突き刺したとき
本来の自分に戻れただろうか

財団法人早坂愛生会病院が終点だった
土方のような医師がペンチを取り上げ
わたしは思わず若い看護婦の手を求めた
彼女もきれいな手を伸ばしてきた
わたしほどハンサムじゃない医師は変な顔をした
うつぶせにさせられ仕方なく枕をつかんだ
看護婦の手は右足をおさえた
そのやわらかい感触を一晩中味わいたかった
ふいに激痛が足裏を走った
憂うつな夜の彷徨だった
耳の奥で柏原芳恵が歌っていた
「春なのに春なのに……」
こうして釘とお別れをした

わたしの手をにぎりそこねた看護婦は
心配そうに聞いた「痛かったの？」
顔をしかめ舌を出してみせた
明るい笑声が深夜の診察室に響いた
こういう娘とくらす夢もとうに消えた
彼女にはユーモアのセンスがある
「はい、記念品を差し上げます」
ガーゼにくるんだ釘をくれた

釘一本のささやかな関係
廊下に出ると彼女が追いかけてきた
「お大事にね」泥の胸が洗われた
釘の警告が
わたしの生を突き刺したのだ
一本の孤独で鋭利な釘に
わたしはなろう

(『サード』一九八五年ありうむ出版刊)

詩画集〈夢の漂流物〉から

いのちのはじまり

まぶたの底にマリーンスノーがふる
プランクトンなどの遺体が結びあい
海面近くから数千メートルの深海まで
幻影のようにふりしきる
そしてこの地球上には
カスミソウやツユクサのように
はかなくうつくしいものが
永劫の風に吹かれている

プランクトンの語源を
きみは知っているかい?
ギリシャ語の意味は
「さまよい漂わされているもの」
まるでわたしたちのようじゃないか

けれどもプランクトンはしたたかだ
五億年前の前カンブリア紀から
生命体のはじまりとして
系統図の根元を支えてきた
どんな木だって水中では育たないが
その起源は海中の微生物にあるという
プランクトンはいのちの母胎だ

カスミソウやツユクサ
プランクトンのような生もある
スタンドプレーはいらない
きみはどこまでもきみであればいい
そしていつものバスストップから
さりげなく歩き出せばいいのだ

夕陽が沈むまでの五分間

ベースの低音が
地球のタービンをゆっくりまわす
紡錘形の夢が木の形をなぞる
木立ちの瞑想がふかくなる
朱色の毛並みで空を駆けるけものたち
風の舌になぶられて
麦の穂波が揺れ海の帆がかしぐ
どこかで今日の旗がたたまれる気配
きみの位置から
今日どんなシュートを放ったか
それは確かにゴールポストを割ったのか
いつのまにか櫂の音が闇を漕ぐ
かすむ向こう岸に
どんな幻のなぎさがあるのか
いまは見えない

喝采

発端はゆうぐれの空だった
一艘の美しい宇宙船のようなものが
空のキャンバスを切り裂いた
幻影を身籠って
やがてくる魂の放電を予感した
キャビンに閉じこもった
まぶたの裏で幻の光彩が
しきりに合図を送ってきた
解読不能だった
海峡は入り組んでいた
繋留地はまだ見つからない
音楽をあさり
湯舟につかった
甘い茎はどこにもなかった
しばらく不貞寝した
魂の夜明け
とおくで光源が明滅した
指の先に系譜やカルテが集まった
さらに腕を伸ばし
幻の子宮をさぐった
それからふいにことばがきた
キャビンがきしんだ
紙くずを背後に投げた
放物線を描いて過去が消えた
どこかで喝采が聴えた
コーヒーを飲んだ

海辺のオレンジ

海辺のレストラン　グラスは水だけ　一人きりで好きなムニエルを食べた　若いチェットベーカーの甘い声とやわらかいペットの響きが　淡彩だった青春をテーブルに連れてきた
敏感な皮膚が　サンドペーパーでこすられる

日々　仮縫いの人生なんてごめんだ——と
糸くずだらけの乾いたこころで　自問しなが
らここまできた　岐路のターミナルではいつ
も　出て行くテールライトを見送った　不安
定な積み荷だけが残った

どこかに逆光線の未知はないか　どこかに旱《かん》
魃《ばつ》をうるおす水はないか　転移への緯度をさ
がしながらモノローグの食事を終えた　それ
からオレンジの皮をむいた　魂の濃度がゆっ
くり満ちてきた　木のテーブルは優しかった

夢の奥へ

いつのまにか
背広のかたちをした防波堤が
夜の闇に溶けかかっている
もう傷の跡は見えない

どこかでかすかに剃刀を砥ぐ音
真昼の鋭利な怒りは
モノクロームの闇に鎮められる
眠りながらふるえている雷管のように
そしてもっともふかい魂の集散地へ
ゆっくりとむかうのだ

水菜の水
火箸の火
土葬の土
雪催いの空をかすめながら
帆柱がきしむ帆布がはためく
胸の高さに空《から》の椀を抱いて
アルコールも錠剤もなしに
揺曳する幻のイマージュをかきわけ
羊膜の宇宙へワープする
夢の奥ではだれも夢を見ない

しなやかなかいで

うでやあしがしなやかなのはいい
このさわがしいわくせいに
ひとはくるしみのためにだけ
うまれてきたわけではないからね
ひかりのしぶきをあびるすあしの
きみたちがまぶしい
しびれるようなにっかんのきわみをあじわう
そのことにどんなはじらいもいらない
けれど
うでやあしがどんなにうつくしくても
じぶんだけのかたくななこころで
たにんをふみつけてはいけない
このよにはひさんなきょうがいにくるしみ
うえとさむさにふるえるひとびともいるのだ
たまにはたにんのかなしみのかわをおもい
やさしいふねのかたちを
むこうぎしへむけてくれないか

しなやかなこころのかいで
ちとあせにけむるかわをわたってほしい
なぜならつぎにきずつくのは
きみたちのみらいかもしれない
きみたちのこどもかもしれないからだ

雪の樹

空は藁灰をしきつめおもく沈んでいる
樹木の指先が白い予感におののいて
　風の温度が急速にさがってゆく
　鳥の影は見えず光の網目もない
空のもっとも深いところで寒気団の船が
暗礁にぶつかる音　裂ける流氷のしぶき

　雪がふる　沼沢地にガレージの屋根に

泥まみれのジャージー楕円形のボールに
めざめつづける雪の車輪　宙吊りの生と死
雪の虫たちが舞い風が立ち雪の枝がたわむ
　こうして雪の樹が生まれ　つかのまの
花物語が　娘たちの胸にたたまれる
耳をすまして雪の声を聴く　世界がとおのく
聴えてくるのは心音　見えてくるのは幻の樹

魂のフットワーク――三条の経田佑介に

三条は大雪だろうね
相変らず多量のアルコールと
親しい関係を結んでいるきみの姿が
目に見えるようだ
それに自国語　他国語を問わず
ポエジーに取り憑かれているきみが――
夢の本をありがとう
「ニューヨーク動物園の笑う象」を
いま読み終えたところ
いつものように一人きりのサンデーを
きみの素敵な本とゆっくり過ごした
とてもハッピーだった
久しぶりに魂のフットワークが軽くなった

プロローグ「プラハからの絵葉書」から
エピローグの詩「トマト・ジュース」まで
珠玉の短篇を味わうようにページをめくった
きみの友人ヤルダが好きになった
ミネアポリス郊外のゴールデンバレーも
一万個あるいは一万四千個の湖も
少年「マイク」との会見記や
画廊主ミレクが登場する
「ワインの海と折れた倚子」も好きだ

「トミーのベッドにさようなら」なんて
きみも優しい心臓《ハート》の持主だね
そしてもっとも印象的なのは
おびただしく登場する缶ビールの洪水
ぼくも思わず一緒に飲んでいる気分
ワインやウイスキーも出てくるが
アメリカの夏はやはり缶ビールか
ぼくの喉もビールを欲しがっている

だがいまのぼくは不幸にも
アルコールとあまり仲良くできないのだ
ぼくの皮膚は突然正気をうしなった
ジンマシンといっても
アルコールの「ジン」を製造する
マシンのことじゃないよ
母国語の漢字では「蕁麻疹」
何やら怖しい病名じゃないか
皮膚という地表で見えない敵と
陣取り合戦をやっているようなものだ
負けると皮膚の一部が赤い地図になる
このメランコリーがわかるかい？

三条と仙台は遠いようでひどく近い
夢がいっぱい詰ったきみの本を開くときはね
もう何年も会っていないから
ことしこそどこか魂の広場で
鮮烈に出会いたいものだ
今夜はジンマシンに休戦を頼んでみるよ
仙台から真冬の缶ビールで乾杯！

夢の漂流物——上野憲男へのオマージュ

——わたしは右のまぶたの裏側で見る——ヴォルス

白い空に
夢の漂流物があふれる。
多忙《ビジィ》な日常から解放されて
ものたちはいま不思議に優しい。

お互いの遍歴について
低い声で語りあいながら
ひっそり肩を抱き合っている。

突然電話のダイヤルが語りはじめる。
ダイヤルのなかに
別れた恋人がいると信じてそれを
いつも白い胸に抱きしめていた女の話。
ダイヤルからは
若い女の匂いがたちこめてくる
女が死んだのでダイヤルはここへきたのだと……

ひとがくると
ものたちは黙りこんですましている。
だから鏡をのぞこうとして
ひとはふとためらう
鏡に映る空の
ひそかな不安に魅せられて。
それは不在の美しいヴィジョンだ。

さかだちしたオレンジ
箱《ボックス》に閉じこめられた白い海
クールな優しさにつつまれた
不定形のイマージュ。
馬のさわがしいいななきが
このように透明な唄に変るのを
ひとは見たことがあるだろうか。

ものたちに対するナイーブな愛が
かれの広場に
こんなにも美しいがらくたを集めてくる……

だからひとは名づけようとして
美しい混乱の丘のうえをさまよう。
バルーンをとばすのは
かれの心臓《ハート》だ
名づけられない夢たちを
バルーンにいっぱいつめこんで。

おさえきれないもの
あふれるもの
まぶたに空に夜の風の中に
夢たちはあふれ広がりながら
あたたかいブルーな魅惑を紡ぎだす……

それから何事もなかったように
かれはタブロオに向き合うだろう
さらに未知の事件と出合うために。
生きていることとの情感が
かれの腕にあふれる
するとものたちが集ってくる。
このようにしてまた
新しい夢の漂流がはじまるのだ……

＊詩画集『夢の漂流物』は、画・上野憲男との共著。

（『夢の漂流物』一九八七年創童舎刊）

詩集〈エリック・サティの午後〉から

水の惑星

コーヒーポットの中で水が揺れる
二十億年前につくられた水が
わたしたちのまわりにあるなんて
きみは信じられるかい？
なぜならこの惑星の水は
雨や水蒸気、雲のかたちで循環し
いつも一定の量を保っているからだ

いのちもまたそうかもしれない
爪には一億年前のカキの貝殻から溶け出した
カルシウムが含まれているかもしれない
血液をつくる鉄分は
水が岩石から溶かし出すまで
鉄鉱石の中で一万年を経たかもしれない

きみはどんないのちの生まれ変わりだろう

そんなに爪をたてないでくれ
ぼくの背中はまだ夢を見ている
まっさらな夜明けに洗面の水をすくって
きみは熱い頬と夢の飛沫を洗う
それからモーニングコーヒーを飲んで
四月の風と光の中へきみは出て行く
今日のいのちを燃やすために

めぐりあうもの

緑と光の驟雨《しゅうう》をあびて
魂の渇いたまぶたを洗うのもいいね
五月の粋《いき》な風に吹かれ
胸の奥にいのちの炎を燃やして
街を歩きながら女友達がささやいた

この世でめぐりあうひとは
かぎられているわ
だからあなたと知り合ったことが
とても貴重なの…
一回かぎりの生　きらめく丘と悲哀よ

たまにはささやかな愉悦の時を味わう
加古隆のピアノソロに酔い
沢木耕太郎のエッセイ集
「バーボン・ストリート」をめぐる
優しくおおらかなきみの宇宙で
静かに酒を飲むのも生きている証《あかし》

この世でめぐりあうものは
そんなに多くはない
だからこそ出会いをいつくしみ育てながら
同じ時代をふかく生きて行くのだ

夏が来る前に

春のふくよかな木の芽にぶらさがり
身を反らして翅《はね》を休める蜉蝣《かげろう》
夏の水辺で産卵すると
数時間で死ぬというほそい肉体

英語では蜉蝣をメイフライという
アイザック・ウォートンの釣りの本によれば
鱒《ます》がメイフライを食べると
急に勢いがよくなり
太って美味になるそうだ
いのちからいのちへの不思議な輪廻《りんね》

十和田湖の虹《にじ》鱒も
蜉蝣を食べたのだろうか
鱒の塩焼きを味わいながら
人間の生と文明の亀裂について考える
ムラサキツユクサの花が放射能の雨で

赤く染まる恐怖の時代　破滅への予感…

蜉蝣の存在をはかないというのは
人間の勝手な思い入れなのかもしれない
夏が来る前に蜉蝣もまた
ひたむきに成熟への時を生きているのだ

スー・レイニーの唄を聴きながら

雨の朝旅立つ前に
駅のコーヒースタンドで
女性のジャズボーカルを聴いた
スー・レイニーが雨の唄ばかり歌っていた
気分はそれほど悪くなかった

雨の街でずぶぬれになりながら
若いオードリー・ヘップバーンが
「キャット!」をさがしていたのは

〈ティファニーで朝食を〉のラストシーン
あのとき彼女の胸に抱かれたネコは
もうこの世にはいないだろうね

三階の高さから街路樹を見下ろす
アンブレラのアイロニーが風に揺れ
さまざまな色彩の人生が交錯する
十九歳だったスー・レイニーが
雨の唄を吹きこんだのは二十七年前
なにが変わったのか、変わらなかったのか

ザ・レイニー・シーズンに
スー・レイニーの唄を聴くのもいいね
重いバッグ片手に旅を続ける
地球の堰《せき》は今日も水であふれている

麦酒と流星

いまさらいうまでもないが
この宇宙は不思議さに満ちている
たとえば流星の直径が
わずか二、三ミリだなんて
きみは信じられるかい？

砂粒のような宇宙塵《じん》が
地球の大気圏に突入して
空気と摩擦をおこし発光する
平均速度は毎秒五〇キロメートル
光の尾は約一〇〇キロメートルにも及ぶ
つまり流星は二秒で燃えつきるわけだ
はかなく美しい時の破片……

微細なひらめきの発端が
こころのもっともやわらかい胎内で
流星群となってひかる

そこから生まれた愛とおもいやりが
きみとの関係のはじまりであればいい
それが社会へと広がって行けばいい

風に吹かれる青い麦の林が
どうして美味《うま》い麦酒になるのか知らないが
ふりしきる流星雨《う》のイメージを追いながら
夏の夜に親しい友と飲む麦酒の味は格別だ
この世にはまだ未知の不思議さが漂っている

秋の戸口で

海は魂のいろとかたちでどよめいている
すべてのちりあくたをうけいれて揺り返し
過ぎ去った夏物語を洗っている
ひかる水がいまはやさしい
テトラポットに吹きつける風の舌が
白い記憶の抽斗《ひきだし》に触れてくる

はぎ　おみなえし　ききょう
なでしこ　くず　ふじばかま
疑問符の姿勢で揺れる　おばな……
草の名前をあわただしく唱えながら
夏の遺失物をさがしているのはだれ？

こうして時は過ぎてゆくのだ
こうして魂の夕暮が近づいてくるのだ
ざわめく雑踏の中心で身をもまれながら
オアシスの水をひたむきにもとめる
いまは偽りの水ばかりがふくれている時代
芹《せり》の白い根が目にしみる
飛び立つきみの羽がふいにひかって……

秋の戸口で永劫《えいごう》の海に揺られている
やがてくる嵐《あらし》の予感に背を焼かれながら
いまは鏡のような海の章を生きる
さらにふかく漏斗状の海へ潜るために

さらにひろく未知の魂と触れあうために

＊一九八六年四月〜九月の「河北新報」家庭欄に、写真付きで掲載された。

（『エリック・サティの午後』一九八八年創童舎刊）

詩集〈水惑星の北半球のまちで〉から

キャッチボール

川のほとりをあるいていると
淀んだ深みから呼びかけてくる声
こんなところにいたのですか父さん
かげろうのように透きとおっているが
幻のマウンドでかろやかにはずむように
ピッチングのステップを踏んだりして

まっさらな野球少年のままに生きられたら
この世の風通しはもっといいのに
いつも背中から切られ
知らず知らずのうちに指を屈して
だから逆境に強いプレーヤーになれと
身をもって教えてくれた父さん
無名チームの淡い核を支える

意地と矜持と弱さを隠し持っていた父さん

風の匂いが変わったり
空気の密度が濃くなったりする
そんな場所がこの世界にはあるのだ
どんな蔑みも口惜しさも
愛や裏切りの激情もすべてが灰に帰って
やさしく鎮められ浄められる
そんな魂の場所が確かにあるのだ

そこは彼岸の透明な入口と通じていて
ユニフォーム姿の父が昔の同僚と
古いジョークの球を投げ合っている
わたしには父のしぐさしか見えないが
時折笑い声や歓声が木霊する
握りの部分が血まみれのバットも
たまには転がっていたりして
あれはだれの血ですか
どんな心の傷があったのですか父さん

川のほとりをあるきながら
霧がこする白い水面を覗くと
父のさまざまな顔が透けて見える
草深い土地に育った娘との出会いや
二人の子が誕生したときの笑顔
戦いで死が間近に立ったときの恐怖
この世は些細な営為から成り立っていて
背を折り曲げる失意や怒りの表情が揺れる
それから土に帰って行ったときのほほえみも
さびしいだろうがもうしばらく
昔の仲間と星間漂流でもしていてください
マゼラン星雲の辺りはどんな光景か
宇宙から見た水の一滴、地球のことも
シュールな探査報告を楽しみにしてます
こっちは腹と肩がなまっているから
もう一度トレーニングして鍛え直すよ
草野球のエースだった若い父さんと
キャッチボールをするために

夢のフォルム――木の彫刻家Sの霊に

風倒木や自然木の断片が集まってくる
生滅と再生のドラマが始まる魂の作業場へ

樹木を伐り、削り、時には割ってみる
木の内部に涼しく息づいているもの
根から幹へ枝葉へ、そして空へ広がるもの
その不思議な樹木の精気を求めて

チェンバロの音でチェンソーが木を分ける
鑿の先端が木の素性をさぐり、木に刻印する
木は木の形を超え、夢のフォルムをなぞる

木とぶつかり合い、木と対話していると
かすかなざわめきが木の中から聴こえてくる
あれはきっと木の記憶の深みを吹く風の音
数万年前から木の耳にとどろく地球の呼吸音

時に木の表面が熱く火照ることがある
あれはたぶん水に飢えているのだ

布に水を含み、木の肌にしみこませる
木の根や葉末のふるえが伝わってくる
アカエゾマツの根毛は人間よりも
はるかに地下の地層を知り尽くしているのだ

木の精気を束縛から広く解き放してみる
生命の形や世界の構造を、独特の木彫スタイルで

北の巨木から樹気の息吹がよみがえり
剝き出しの木塊が清冽に大気の密度を変える
風雪の礫に耐え、聖なる時空間を形づくる

かれがこの世からいなくなっても
木のフォルムたちは自在な時を生き続ける

今いちばん望ましいのは——仙台市・台原森林公園にて

今いちばん望ましいのは
できるだけ木のそばにいること

プリミティブで豊かな生と
やさしくまじりあうこと

木の中を生命の川が流れる
その先端からほとばしるいのちの水
森林は空中に浮かぶ海のようだ

ライフサイエンティストの
ライアル・ワトソンによれば
夏の一日、一本のヤナギの木は
約一九キロリットルの水を吸い上げ
空中に放出するという

そして土の中の雨水を求め
おびただしい髪の毛のような根毛を
網の目状に張りめぐらせる
水惑星の植物たちよ

たとえば一本のライ麦は
一五〇億本の根毛を伸ばし
その長さは五〇〇キロにもなるそうだ

根の力を信じることから
すべてが始まると考えればいい
ゆるい土壌を安定させ斜面を固定し
木や草花を大地に結びつける根の存在

きみの根はどんな魂の渇きに耐え
どんな土中の暗闇をさまよっている？

今いちばん関心があるのは
木や水や風のとりとめもない話を聴きながら
未知の新しい驚きを感じとることだ

*ライアル・ワトソンの著書「水の惑星」（河出書房新社）を参考にした

夏・童画の時間

おまじない

けしょうやなぎの葉に
息を吹きかけるだけでよかった
麦藁帽子を目深に被って
指を鳴らし草笛を吹いてもいいのだ
自分だけのおまじないで
目に見えないバリアをくぐり抜け
秘密の草原へ行くことができた日々

むこうの世界には時刻表がない
愉快な時計が別々の時を回している
時を決めるのはいつも自分だ
どんなに遊びの時間を引き延ばしても
大人に叱られることがなかった
頭が大きくて耳が長いうさぎうまや
フラダンスが得意なフラミンゴと過ごす
かけがえのない童画の時間
たぶん青い鳥もそばにいたのだろう

夏のバケツが空に夕焼けをぶちまける頃
半ズボンの少年は幻の草原から帰ってくる
昨日よりほんの少しだけ人間に近づいて
でもよく見るとほそい背中には
うすい羽根がまだ消え残っていたりする
何光年もとおい旅をしてきたので
食欲旺盛な少年の目はまだ夢見心地だ
明日の冒険はどんなスリルにみちている？

螢の木

夜の闇を開ける戸のきしみ
母や若い叔母たちの華やぐ声
(螢を見に行くわよ)
オオマツヨイグサやエノコログサ
アゼナもホタルブクロも
かすかにそよぎながら
眠りの波に洗われているようだ
ヒメジョオンやツユクサをかき分け
うすあおい水辺へ近づく
(ほらあそこで光っているわ)
母の白い手が低い灌木を指さす
緑色のうすい光の筋が飛び交っている
明滅する螢の木
神秘の火を呼吸する星の木よ
手前の草むらでも
ほそい弓の上で点滅する、心臓のリズム
(可憐ないのちね)
ぼくのいのちも光っているだろうか
少年は自分をふりかえる
半ズボンのお尻がよく見えない
さわってみると夜露に少し濡れていた
その時天空を切り裂く流星ひとつ
一閃の螢星が長い尾を引いた

とおいすてーしょん

さくらんぼかくれんぼとうせんぼ　さくらん
ぼの好きな子はこっちに集まれ　かくれんぼ
する子はこの指にとまれ　北国の夏空が暑い
投網を子どもたちの頭上になげかけている
ひとりの少年が谷川の河原を上流へさかのぼ
る　地底から噴き出したマグマが冷えて固ま
るときにできる柱状の割れ目〈柱状節理〉
耳を澄ますとごうごうという地底音が響く
その奇勝の近くで　少年は巨木の空洞に身を
ひそめて鬼がくるのを待った　さくらんぼか

くれんぼとうせんぼ　だがいくら待っても鬼はこない　待ちくたびれた少年は居眠りの舟を漕ぐ　やがて夕闇の手が伸びて空洞が暗くなる　探し疲れた鬼はとっくに帰ってしまった　空洞の少年は夜の闇に驚きあわてて家路につく　今日も巨木の空洞では鬼を待つ少年の影が永遠の風に吹かれている　地底のマグマは休むこともなく　次の噴出の時を待つ　何百年後かのある日巨大な火柱が岩手山を吹き飛ばし灼熱の溶岩が降る　そしてまた柱状節理ができる　未来の少年は宇宙のどこかとおいすてーしょんでかくれんぼをするだろう

黒いひまわり

七歳の従妹はひまわりの妖精
夏の野原へ太陽の恵みをもたらすように
陽に灼けた丸い頬やふっくらした指で
クレヨンの世界と活発にふれあっていた

あの晴れた夏の日を忘れない
麓の村を襲った警報の高波をくぐって
少年は珍しい飛行機の編隊に見とれていた
やがて乾いた爆発音が夏空をふるわせ
山の中腹に不吉な煙が立ち上った

終戦のわずか数日前
硫黄と硫化鉄鉱の山では十四人の魂と体が
この世の理不尽なフライパンの上で
焼夷弾の火に焼かれた
ひまわりの従妹も黒焦げになって

麓の村で何も知らない少年は
急降下を繰り返す米軍機に熱中していた
その夜従妹の死を知らされて
少年は黒いひまわりの悪夢にうなされた

青空と入道雲だけが鮮明な終戦の日

少年の夏はかすかに血と焦土の匂いがした

羽化の時間

早い時間から光の渦が
眩しくきらめいている夏の朝
捕虫網や鳥モチを持った少年は
河原に向けて弾むようにダッシュする
蝶やトンボの空中遊泳に魅せられ
背丈より高い草をかき分けて進むと
低いミズキの葉がかすかに揺れている
茶褐色の殻を破って虫の白い裸身が覗いた
セミの羽化がはじまったのだ
だれに教えられたのでもないのに
セミは巧みに身を反らせ
ひと呼吸入れてゆっくりと這い出す
左右に離れた複眼と三つの単眼
初めての世界はどんなに見えるだろう
体液で羽のすみずみが伸び切るまで
抜け殻につかまってふるえるセミのいのち
その切ない羽化の時間を
少年は息をつめて観察した
ふと白い抜け殻の母をおもい
少年はあわててその映像を打ち消した
その日の獲物は何もなかったが
やわらかないのちのいぶきにふれたのだ

樹木の船

青空をかきむしりたいほど
くやしいおもいがたまってくると
少年は無性に樹木へ上りたくなった
世界の光と影を見下ろす丘の上
とおい記憶の中で揺らめく黒い海
あれは本物の海ではない
空の本をめくって海の色と容量を探す
けれど空は虚ろな甕のように
何も満たしてくれないから

自分で海を想像するしかないのだ
樹上の座り心地のいい場所を基点に
少年の幻想の旅がはじまる
船長はぼくだと宣言したその瞬間から
樹木の船は爽快に海の波間を走る
時にはしぶきをあげながら
（今のは夏の驟雨だった…）
少年の帆は潔く輝いているか
神経のマストは帆を逞しく支えているか
行方不明の少年は樹木の上で
たぶんまもなくはじまる苦い航海と
傷だらけの戦利品のことを考えている

小さな疑問

祭り太鼓が迎え火の炎を静かに揺らす
頬かぶりの若衆も熟れた娘たちも
浴衣姿で盆踊りの輪　生のロンドを踊る
お盆ってなんだろう？　と少年はつぶやく

お盆は祖先や死んだ人の霊を
祭り慰める行事なんだよと先生が言った

ふと疑問が口をついて出た
死んでしまったら
生きていたときのことはどうなるの？
見ていた色や聞いていた音
感じたり思ったりしたことはどうなるの？

ひとの肉体はほろびるが
たぶんそのおもいは透明な微粒子になって
水惑星の青い光輪の一部に生まれ変わるんだ
この世で生きたいのちの思い出が
空気の中を漂い土にやさしくしみこんで
だれかの心をゆたかにしたり
新しく生まれる種子たちの養分になる
だからひとや動植物を傷つけてはいけないよ

たぶんそれは賢明な答えだろう

少年には遥か未来のことでよく分からない
でも初めての場所で
なつかしい気分になることがあるのは
そうしただれかの思い出のためだろうか

そんな話を聞いたせいか
花火や夜店の賑わいも透きとおっている
この世で最も美しいものってなに？
少年の青空に素足の少女がとけてゆく…
夢の奥にも祭り太鼓の幻聴がふりしきる

（『水惑星の北半球のまちで』一九九六年書肆みずき刊）

詩集〈何億光年の彼方から〉から

そのときは

そのときは軟らかく打ち返せばいい
悪意のスマッシュが飛んできたら
隙を見て相手のネット際に球を落とす
ジョークのフェイントをかけて

そのときはそっと耳をすませばいい
不条理な心の切り傷を癒せるのは
おしゃべり鳥の饗宴やせせらぎの水
愛するひとの魔法のことば　なんてね

そのときはゆっくり歩き出せばいい
世間という名のたえまない荒波が
岸辺をくりかえし襲ってきても
挫けずに新しい風の羅針盤へ向かって

そのときは沈思黙考すればいい
苦海*の重みが肩にのしかかったら
しなやかな捕虫網を手から放さず
来世の未来へ飛ぶ夢の蝶を探すために

そのときは黙って抱いてあげればいい
予期しない突然のふしあわせ
この世の大切なものを失うかなしみ
そばでそのひとを支える温もりをこめて

どんなときでも人はひとりではない
どんな世界にも未知の気流がある
気づかないならいつのまにか
何かに目隠しされているからだ
そのときは魂のレンズアイを磨けばいい

＊【仏教用語】生死・苦悩が海のように果てしなく広がっている人間の世界。苦界。

何億光年の彼方から

やはり帰ってきてくれたね
何億光年の彼方から
一瞬のうちに移動できる
地上を離れた魂の特権を生かして

炭鉱労災犠牲者への鎮魂歌*
じゃんがら踊りのリズムを刻む
パーカッションや
ピッコロの笛

塩屋埼の海原は青く光り
魚たちは小名浜の港ではねるが
閉ざされた炭鉱の坑口
荒廃した夢の跡

歌の背後からどよめく声
ぎっしりと並ぶ幻影の顔と顔

指揮者や演奏者の上に
ほぼ満員の聴衆の中にも

男たちの労働の誇りと矜持
弾ける汗　素朴な微笑
爆発や死の病じん肺への恐怖
怒りと告発への強い意志
苦悶にゆがむ末期の顔

男たちが死と背中合わせに掘った
かつてのエネルギーの源
時代を支えた黒ダイヤの塊は
地底で眠ったままだ
放射能が漏れる原子炉の装置が
この水惑星の運命を脅かす

弦楽器がうねりホルンが吠える
低音を支えるチェロとベースの地響き
ヤマの男たちの生涯を讃え

魂の連帯を歌う合唱団の背後に
気恥ずかしい表情を浮かべて
整列する男たちの顔

清浄な大気のように
透き通った穏やかな仏顔が
かすかに揺れている
男たちへの鎮魂と賛歌は
彼らの心に届いただろうか

レクイエムを聴きながら
胸の広場で招魂の祭を開いた

＊ソプラノ、バリトン、混声合唱とオーケストラのためのカンタータ『魂の坑道は果てしなく』（原田勇男作詩、岡崎光治作曲）の初演

なつかしい魂の場所

この世にはなつかしい魂たちの
ひそかにすれ違う場所がある
ふと一人きりになった時の岸辺で
その不思議な幻影が見えてくる

父と母の細い足は
地に着いていないのに
肩を組み深い森の道を歩いている
魔法のように音もなく

母の納骨のため墓石の闇を開けた
七年前に先立った父の骨は
透明な袋の中で細かく砕けていた
こうして人は大地に帰ってゆくのだ

墓地の係員が
母の骨を父の隣に置いた

薔薇色の骨たちが語りかけてくる
これは優美な顎のかたち
あれは子宮を収めた腰骨の破片

肥後と南部の国に生まれた男と女は
食事の味やしきたりの違いでよく争った
その二人が隣合わせに眠っている
さりげなく寄り添ったままで

この水惑星でお前の生涯は
何のためにあるのかと
父母が無言で問いかけてくる凄惨な夜

この世のなつかしい魂の場所で
人びとの記憶を反すうしながら
自らの胸に問いの刃を突きつける

お前に今できることを新世紀へ
確かなメッセージとして伝えようと

叔母への手紙

あなたが育った北国でも
雪解け水の岸辺で草木が芽吹いています
北緯四〇度線上の小さな庭が見えますか
岩手町旧川口村の「働く婦人の家」
あなたの可憐なブロンズ像にも
岩手山から早春の風が降りてきます

広島を襲った一閃の光と爆風
人類史上最悪の殺人兵器が
民衆のいのちを焼き尽くしました
映画の中でしか会うことのない
わたしの親愛なる叔母さんも
原爆で被災した死者たちの一人でした

あなたの芸名は園井恵子
映画『無法松の一生』で
日本人の心の妻を演じた新進女優
広島で被爆し全員が散った
移動劇団「櫻隊」の一員
わたしの母の腹違いの妹でした

また忌まわしい戦争が始まりました
広島、長崎に原爆を投下したあのアメリカが
イラクを理由もなく侵略しています
死傷する子どもたちの破壊された未来
またも繰り返される民衆の犠牲
原爆で女優生命を絶たれた叔母さん
天上から愚かな人類を叱ってください

一人ひとりのいのちを
奪う権利はだれにもないのです
ひととひとが殺し合うことに
どんな意味も理由も存在しない
ヒロシマ　ナガサキ　アウシュビッツ
この血塗られた地名の悲劇と悪夢を
これ以上繰り返してはならない

同じ過ちを犯してはならない

今わたしたちは選びます
戦争反対の意志を世界に示すことを
死者たちのかけがえのない犠牲に
怒りと鎮魂の祈りをこめて
この比類ない水惑星で生きる
すべてのいのちのために

傷ついた子どもたちのために
――to WONG WING TSAN JAZZ TRIO

一九七〇年代前半の首都でデビューした
江夏健二というジャズピアニストを知らない
第二次安保世代のプロテストソングのように
髪ふり乱してファンキーなプレーにのめりこむ江夏と
ベースの森泰人　ドラムの市原康も知らない
わたしは首都を遠く離れた北国のまちで
再び助走からやり直す苦闘を経験していた
だから彼らの挫折物語も次の旅立ちも知らない
江夏は黄永燦《ウォンウィンツァン》に戻り
ヒーリング系のソロ・ピアニストとして活躍
彼のヒューマンな音楽性は
アフリカの悲惨なストリート・チルドレンに捧げた
傑作「知られざる子どもたち」や
ボスニアの少女が書いた詩に作曲した
「もしも地雷がなかったなら」などの歌を生んだ

約三〇年の歳月が瞬く間に過ぎて
ウォン・ウィン・ツァン・ジャズ・トリオが誕生した
明晰で澄みきったウォンのピアノの音色とフレージング
表情豊かに旋律をうならせる森の重厚なベース
深い瞑想のリズムをきざむ市原のドラム
彼らは再びジャズの世界に帰ってきたのだ
やり残してきた仕事を片付けるために
それぞれが豊かでシンプルなジャズの魂を身につけて

こんなにかぎりなく優しく
こんなに甘美に歌っていいのだろうか
万感の思いをこめた復活のバラードがせつない
It's Never Too Late to Meet Again*

イラク戦争が世界を震撼させた日々
重度の火傷を負い両腕を失った少年アリは
カメラに向かって静かに話した
「おじさん　ぼくの手をおさえて」
両腕がある錯覚にとらえられているのだ
「お父さんも妊娠中のお母さんも弟も死んだ。
　イラクの自由のためにわたしたちを殺し、
　傷つけたのですか。それが自由ですか」
アリ少年の言葉はどんな戦争の論理をも打ち砕く

優れたソロ・ピアニストのウォンよ
傷ついた子どもたちのために
きみはどんな魂の音楽を捧げるだろうか
詩や音楽では戦争を止めることはできない
しかし無残にも死んだ子どもたちや
傷だらけになった子どもたちの受難を
世界に発信し告発することはできる
闇に対峙するウォンは音楽の力で
わたしは詩篇の紙つぶてに祈りをこめて

*CD「WIM」（サトワミュージック）より

夢紀行の果て

今どのあたりの気流を
かきわけているのだろうか

惨憺たる二〇世紀の末路を過ぎて
かすかに未来の匂いがする方角へ
夢紀行の旅は果てしなく続く

この遊星の崩れかけている生態系

複雑な脂ぎった触手を伸ばす
ホモ・サピエンスの野望

どこへ向かっているのかと
夢紀行について問う声があり
迷走しているだけなのさと答える
醒めた認識もある

魂のスクリーンいっぱいに
敷き詰められているのは
祭りの花茣蓙ではない
あれは反故にされた約束手形の散乱

生と死の割り切れない虚の方程式
理不尽な死者たちを積み込んで
時代の船はどの暗礁を目指すのか

大袈裟な形容詞はいらない
できるだけシンプルにプリンシプルに

魂の歌を発し続けることが
夢紀行の核ではないか

しかし夢はいつも遠く
野ざらし紀行の痛みが胸を抉る
夢紀行の果てに待ち受けているもの
その名をまだ知らない

願い

石牢のまちに灰が降る
灰神楽にまみれた小麦粉を
どうにかして
選り分けようとする日々

クレーン車も耳かきも役に立たない
使い古しのサンドバッグも
起死回生の夢物語は消えた

散乱する設計図やパースの痕跡
始発駅はとうに蜃気楼の彼方
この国はどこを向いても霧の中だ

羽の制御を失った鳥のように
いつ急降下するかだれにもわからない

立ちのぼる灰の中から
小麦粉を選り分けるのは徒労だろう
でもいつか荒野の果てに立ち
麦の種をひそかに植えたいと願う

この世でなにも持たないわたしでも
まだできることがあると思うから
すべてをやりなおすことは
もうできないが
せめてわずかばかりの志を
歌うことからはじめよう

荒野の果て　風に揺れる麦の穂を
はるかに幻視しながら

スーパーマーケットの木

閉鎖したスーパーマーケットの前
バス通りに面した一角に
小さな常緑樹が取り残されている
アスファルトを六角形にくりぬいた
狭い地面にいのちの根を下ろし
板のベンチに囲まれて

スーパーマーケットの
善意の象徴だった樹木は
猫や子どもたちがベンチで戯れ
バスを待つ買い物客の心を癒した
今は荒廃した建物の片隅で見捨てられ
無用の木として枯れ始めている

破産の暗雲や
リストラの悲劇は人類の問題で
木のせいではない
移動することができない木は
いのちの水を吸い上げるその位置が
いつだって宇宙の中心なのだ

倒産したスーパーマーケットの
細長い棺桶はいずれ処分される
木はどこかへ移されるのだろうか
悪意の鋸でふいに切り倒されるのか
一本の木の存在をもっと深く感じたい
一人ひとりの生の輝きと同じように

北の歌は絶えることなく

素手のまま虚空に立ち向かい
素足のまま荒野を歩むこと
そしてすべての事象から
さかしく目をそらすな
名も知れぬ人びとの声を
言葉の武器に変えるために

みちのくの原風景に吹く風は
寂蓼と反逆の匂いがする
北の肖像は鈍重で寡黙だというが
そんなレッテルはいらない
北は手つかずの鉱脈が
まだ名づけられないまま
埋もれているサンクチュアリ
豊饒な風土の恵みと奥深い人間の声

めぐる季節の底流を流れる
北の歌は絶えることなく
ひとびとの魂から魂へ
歌い継がれていくだろう

草深い大地を踏みしめ
未知の夢を青く育みながら

雪の音——魂の音楽

雪の降る音が聴こえるといっても
きみは信じないだろうね？
そんなことがあるはずはないって
そんなのは耳の錯覚だって
たとえ聴こえるような気がしても
それは幻聴にすぎないって
きみはどこまでも言い張るだろうね
でも雪の夜に
雪の降る音が聴こえるのは
ほんとうのことなんだ
しんしんでも
ひらひらさらさらでもないが
雪が降るときに
かすかな音がするのは確かなんだ
そのひめやかな音を
きみに聴かせてあげたいのだが
わたしの口で表現することはできない
雪の降る夜に耳をすまし
こころを敏感に開いて
雪のひとひらひとひらを受けとめる
そうするときみの耳にも雪の音が
聴こえるかもしれない
パソコンや携帯電話の音に慣らされ
テレビゲームのような戦争の映像
爆音や銃撃音に麻痺していると
ほんとうにたいせつなことが
聴き取れなくなる
だから雪の降る夜は
雪がどこへどんな速さで
どんなリズムで沈んでくるのか
まぶたを閉じて　よく聴いてごらん
くちづけする恋人たちに降る雪

残業帰りの疲れた肩に降る雪
暗い海辺の壊れたボートに降る雪
野辺送りの提灯に降る雪
どか雪や猛吹雪が襲いかかる北の大地
みぞれまじりの変に明るい軒下
さまざまな雪の情景が見えてくる
そうすると雪の音が聴こえてくるんだ
きみだけの耳に
きみだけのこころに
さりげなくささやくように
いのちの鼓動にも似て
魂の音楽が聴こえる

(『何億光年の彼方から』二〇〇四年思潮社刊)

詩集〈炎の樹連禱〉から

埋もれ木は樹木に

庇《ひさし》となってつめたい氷雨をはじくことも
柄杓《ひしゃく》のかたちで
甘い水を汲むこともなかった
優しい火桶として
熱い火の底を支える夢も消えた
埋もれ木はどんな沈黙に耐えている?

土の中は闇がぎっしり詰まっていて
もう身じろぎすることさえできないのだ
遠い伐採の時を過ぎ
地層の裂け目に突き落とされ
しだいに闇の底深く沈んできたもの
腐食とたたかう埋もれ木の存在

そして灰の中の埋み火よ
今わたしの周りを漂っているのは
死籠繭《しにごもりまゆ》や燃えつきた隕石
材木の切れはしである端木《はなぎ》ばかり
煩悩を焼きつくすという智慧の火は
ほんとうにあるのだろうか

ある日　埋もれ木は叫び埋み火が疼く
どうしていつまでも
閉ざされた存在でなければならないのか
魂のスクリーンいっぱいに
炎の樹のイマージュが広がる
埋もれ木は樹木に　埋み火は炎に！

花木幻想

それは奇妙な旅だった。船の構造は不可思議な設計で舳先や手すりがあまりにも高く、海を見ることができなかった。揺れる感覚だけが胃壁を痛打した。光はどこにもなかった。不分明な時間だけが断続的に続いた。太陽は昇らず夕暮れも存在しなかった。文明の利器はすべて無に帰していた。

次々に扉がこわれ食器がくだけた。ガラスの破片が散乱する床。血まみれのネギ坊主。狂気の視野に奇怪な夢の回廊が白い逆光の中に続いていた。迷い道の果てに門が見えた。その向こう側の闇はこの世のものではなかった。死出の門口、あるいは冷ややかな宇宙への検問所。扉の把手が不気味に伸びてきた。

水の感触が頬をたたいた。ここが求め続けた島なのか。なぜか高原をめざした。数日あるいは数年が過ぎた頃、花の群落に出会った。何千何万という小さな六弁の花が放射状に咲き乱れ、全体で巨大な球体を形成している。花の球は直径一メートルもあり、茎は樹木のようだった。淡いピンクの花が揺れていた。

頭の中の植物図鑑をめまぐるしくめくり、この花がアリウム属のギガンチウムであることを突きとめた。この世のかなしみが無数の小さな六弁の花びらをふるわせているようだった。時空を超えた夢幻的な世界に激しいめまいを感じた。意識が薄れる瞬間、こうして死ねたらと思った。闇がきた…

気がつくと肉屋には血まみれの屍が吊り下げられ、市営バスは坂の途中で故障していた。どのようにしてあの奇妙な旅からもどったのだろう。日常のどす黒い洪水に抗しながら、ふとまぶたを閉じてみる。不確かな記憶の底であの大きな花木が揺れている。あれはこの世でもっとも美しい炎の樹だったのかも知れない。

＊アリウムはユリ科の鑑賞植物で球根の花木。ギガンチウムはその一種。花の球体は直径一〇センチを超えるが、ギガンチウムには「巨大な」という意味がある。原産地はヒマラヤの高原。アリウムの花言葉は「限りない悲しみ」。

草花の名前

せり　吾木香　なずな
かりん　からすうり　うまのあしがた
そして　ほたるぶくろ　や　のりうつぎ
タブローに遺された草花の名前

そういえば「花折峠」の
暗い川のほとりにも
ちごゆり　にがな　かすみそう　など
折れ曲がった草花が冷気にうたれて
娘の死を悼んでいるね

（霧がたちこめる水門のかなたは
ここから見ることができない）

紫の衣装をまとったカンボジアの少女
率直でものおじしない目を見開いて
彼女の背後に炎の樹根

むせかえる火と土の匂い
いのちの根元が「炎の樹」を燃やす

だが大地に横たわる蒼白な女神
炎の樹から横に突き出る白い寄生樹
死は画布の内側から白装束を用意した
癌という名の運命の刃が
二児の母であり若い画家の
右腕を切り落とし
吾木香の生涯は暗赤色の
小さなまるい穂の花を散らした

（今もあなたは左腕で
　愛と死の物語を描いているだろうか
　生者にはさわれない冷えた炉の向こうで）

もしかしたら
「花折峠」の暗い川流れは
死んでいく炎の樹なのかも知れない

「おきな草の星」のように
ひたむきな生を貫いてあなたは昇天した

せり　吾木香　なずな
かりん　からすうり　うまのあしがた
そして　ほたるぶくろ　や　のりうつぎ…
つつましい草花の名前を唱えながら
遺されたタブローの上に
くりかえし炎の樹をさがす

＊括弧内は日本画家・故三橋節子の作品名。梅原猛の著作
『湖の伝説――画家・三橋節子の愛と死』より。

魔法の木

炎の樹は魔法の木
キンモクセイやメタセコイアが
夕焼けをほしがって揺れている時間に

広瀬川の暗い水面から現れる
でも幸せなひとには見えないかも知れない
ましてや想像力の乏しいひとにはね

＊

（胸の中でこすられる藁の音
今はただ微量の火があればいい
それが仮初めの不確かな生を
ほんの少し明るくしてくれるなら）

＊

数千の鈴がなる　水を切り立ち上がる樹木　空へ伸びる魔法の木　葉陰で溶け合う恋人たち　藁をたたく農夫歌う牛飼い　木の先端は銀河をめざして膨張する　子どもたちが木に登りはじめた　北国の冷気をあび頬を赤らめながら　そうだ登って行けどこまでも

それから目の見えないひとと耳の不自由なひとがきた
炎の樹は目の見えないひとに夕映えの川について教えた　それは独特のやりかたなので他のひとにはわからなかった　また炎の樹は耳の不自由なひとに川面を吹く風のやわらかなそよぎの音をひそかに伝えた

この世には見えない夕映えや聴こえない風の調べが確かに存在するのだ　不思議な優しさが炎の樹のまわりで編まれてゆく　それを感じることは慰めだった　リズムと囃しが融合するように　どこかでまったく新しい未知の音楽が生まれていた

そして透きとおる炎の樹　恋人たちも農夫も牛飼いも眠りこけている牛も　笑う子どもたち　目の見えないひとも耳の聴こえないひとも　炎の樹につつまれ消えてゆく　みんな不思議な光をあびながら手をふっている　やがて暗い水面に漂うのは闇ばかり…

＊

（生きるためのガソリンの匂いが
ふいにたちこめてくる

あれは炎の樹の匂いかも知れない
つめたい板に挟まれた胸に
血の音がたぎってくる)

*

炎の樹はどこにでも遍在する
会いたいと思ったら呼べばいい
そうすれば見えないものが見えてくる
ほら　きみのまぶたの上でも
炎の樹が揺れているよ

ブルドッグの顔をした朝

ブルドッグの顔をした朝　ブルーのカラーシャツが二本の腕をほしがるので囚われの身になってやる　とおくで鏡が呼んでいる　まだ未分化の映像に向かってアイウエオの発音をくりかえす　今日一日うまく日常のことばが発音できるだろうか　ふと不安の舌がもつれて嘴にぶつかる　とめどなく鳥のことばをしゃべりはじめたら　石とコンクリートの世界は砕けるだろうか　確かな情報はなにもない

*

花譜を開いて
花が成熟する季節の順を眺めた
季節を違えてふたたび咲く
返り花のことを思った
そして　ついに開かない蕾のことも

火夫の老人と屋台で
火酒をあおった
三月の淡雪が降りしきる
雪見酒なんて洒落たものじゃない
受け木の生あるいは
薄い果皮のようなもの

ふいに血走った火箸を

糠に突き刺す
くらしは糠星の破片
魂の放電管が過熱している

*

わたしは見た　おびただしい電化製品の氾濫　騒音と放電の片隅でガラスの球体に閉じ込められた炎のかたちその痙攣するフィラメントの貧しい輝きを　時代は炎のイマージュすら人工的につくりだす　ガラス球の炎を一個備えれば　ひとはいつでも炎のかたちを所有できるブラウン管の歪んだ映像を共有するように同じことば同じしぐさ　そして同じ顔

*

炎の樹を育てたい

たとえ笊で水を汲み
こころの穂波が
紙やすりでこすられる日々にも

未開の土　眠りつづける球根　まだ何になるのか名づけられていない不確かな存在　重い闇の中で呼吸し水分や栄養をむさぼり食う小さな地球　一生に一度の発芽を待ち　ひたむきに生きようとする夢の母胎あるいは夢の破産　きみにとって固有の球根とは何か　そしてわたしの球根は今どこの暗闇をさまよっているのだろう　炎の樹のように夢の球根を育てたい

カマキリに会った日

コンクリートの階段でカマキリに会った日
草の匂いをかぎたくて広瀬川の岸辺で
舟のかたちに空を抱いた
頭上で飛翔するサギソウの羽ばたき
空の青い底をゆききする光の刃物
水辺のほとりで手の平を浸してみる

わたしはいまおそろしく孤独だが
この世を離れただれかのなつかしい想いが
水の手触りとともに伝わってくる
まだこの手はやり残していることが多いようだ
そんなメッセージが見えない手から手へ
幾億年たっても続いてゆくのだろうか

いのちが炎のかたちにゆらめいて
ひとから鳥へ木々から風へ
水蒸気から雲になりまた雨になり
水の輪廻がまわりまわるように
ひとのいのちも変幻自在に
転生をくりかえすのだろうか

コンクリートの階段でカマキリに会った日
いま胸に満ちて呼応する血のいのち
北半球の午後に炎の樹を燃やしながら
カマキリを野の空に飛ばした
草色に光るいのちの飛翔
かけがえのない虫たちの未来へ向かって

比喩の樹

炎の樹のことを
きみに伝えようとして
発語の闇に全身を浸してきた
ひとからひとへ伝えられる魂の温もり
ひとりひとりのかけがえのない生の証し
胸の荒野で燃えているいのちの炎
かぎりなく幻想的な比喩の樹

炎の樹のことを
きみにどう伝えたらいいか
繰り返しトライしているうちに
四半世紀が時のかなたへ消滅した
民族の血で血を洗うような渚に
打ち上げられるおびただしい漂流物

時のこわれた羅針盤　死者たちの怨念
むかし見えなかったものが
いまはすこしずつ見えてきた
この世の仕組みが放つ暗黒の濁流
ひとはどのようにして
他者を背中から裏切るのか

失意や挫折の時を超えて
ふたたび生の坩堝へ復帰する
したたかな魂もある
まぶたを閉じると
こみあげてくる朱色のイマージュ
闇の底で揺曳する迎え火のように
裸形の魂が炎の樹を燃やす

夢の外から呼ぶ声

夢の外からしきりに呼ぶ声がする　もうすでに甘美な夢を見ることはなくなったが　まだ夢からさめたくない気分が未明の堤防のあたりをさまよっている　そうだこの惑星に生まれてからは　いつもあわただしい時の波長が湾をひとまたぎにしてきた　それは幼いころの母のやさしい声だったり　普段は寡黙な父の野太い声だったりする　キャッチボールをしようよという少年の誘いや荒野を旅するガンマンの銃声が響くこともある　このままもう少し夢見させてくれ　この世で見つけられなかったさまざまな探し物や出会えなかった人びとが　湾の入江に集結して光り輝いている　あそこへたどりつきたい　あの場所こそこの世でもっとも根源的な約束の地ではないか　だから今しばらく夢の突堤を歩かせてくれ　宇宙からの不可思議な信号やメッセージが届いているかも知れない　この惑星に漂着し歳月を切り売りしてきたが　本来の故郷はどこか外の星にあるのではないか　それが少年のころからの遠い疑問だったから　もう少し夢の続き

をまぶたの奥で認知させてくれ　この世でなかなか巡り
会えない幻の正体のことや　父と母から受け継いだ炎の
樹をまだ絶えさせないために　もう少し夢の奥へ…

朝陽をあびて

昨日の諍いも靴ずれの傷も
朝陽のやわらかい飛沫をあびて
帳消しになればいい

たとえ言語が異なっても
地球の朝に共通の言葉は「おはよう」
時差の距離を保ちながら
あいさつのリレーがこの惑星をめぐる

湿った灰の底から
炎の樹を燃え上がらせようと
朝のなぎさでまぼろしの火打ち石を探す

わずかばかりの想像力の磁場を求めて

だが朝陽をあびても
帳消しにならないものがある
銃弾で額に血の花を散らした子どもたち
放射能で侵された白血病患者の細い腕

朝陽をあびて地球の一日が始まる
今日はどんな悪の市が広場に立つのか
今日はどこでだれが撃たれるのか
この取り返しのきかない惑星の上で
降りそそぐ朝陽をあびて

歳月のしぶきが十月の薄明を

歳月のしぶきが十月の薄明を洗っている　鳥
のかたちをした朝はまだめざめない　暗黒の
核にワイン色をした夜の熟れない卵は孵化し

ないまま地球の縁をゆっくりめぐっている
初めて炎の樹の存在に気づいたのはいつだっ
たろうか　だれのものでもないおまえの胸の
暗がりで燃えているいのちの炎　そのスリリ
ングで危険なほとばしる情念の奔流がおまえ
だけではなくすべての人びとの目にあふれ
生と死を支配しているらしいと知覚したのは
もう少し後だったろうか　乱反射する日々の
洪水に翻弄されていつか炎の樹が消えること
も　人と人の絆ほどもろいものはなく感情の
吊り橋は度々寸断されることもおまえは手痛
く知った　そして地球上の夥しい国家は一人
ひとりの炎の樹を管理し時には抹殺すること
で存在し続ける　見えないいびつな帽子をか
ぶり今日も通過駅のプラットホームでゆれる
途上の魂　きみの炎の樹はまだ燃えているか

*

きみだけのボールをキープする

魂のフットワークが鈍くなっていないか
ドリブルのボールを長く持ちすぎて
他者へのパスを忘れていないだろうか

この世のフィールドは
きみだけのために存在するのではない
車椅子のひとびと
目の見えない人びとの磁場でもあるのだ
一度かぎりの炎の樹を
想像力の火で燃やしながら
日々のゴールにボールを蹴りこむ

だが膨張する地球のゴミ戦争
さまざまな人種と言語のるつぼ
係争と対立の構図の種はつきない
暴力的なファールが足をすくい
ペナルティの笛が鋭く吹かれ
死者の手はひとつかみの土と草をつかむ

＊

今は幽明の境を異にして
藁のひときれのような生涯を終えた友よ
そちらの丘には光の束が
穀雨のように
虚空からふりそそいでいるだろうか
顎のメスの傷口は
なめらかに塗装されて
時代の粉飾された下り斜面のように
輝いているだろうか
きみの残した学識も反故も
墓地の湿った大気の中で
あえかにかすんでいる
消滅した炎の樹の残骸が上空でゆれる
それともそれは線香の煙にすぎないか
だが人にはだれでも
かけがえのない日々の記憶が
彗星のように魂の時空間をよぎって
彼岸の川を越えて行く
その藁のひときれを共有した者たちが
きみのために青いレクイエムを編むのだ
もうきみの目の奥は痛まないだろう
遍在する幻鳥の視座から
地球の壮大なパノラマの悲劇と
ホモ・サピエンスの
未成熟な乱痴気騒ぎを見守ってくれ
そしてこの爛熟卵の文明を救うために
もう一度何からはじめればいいのか
示唆してくれないか
きみの藁のひときれにすがる
たくさんのふしくれだった手の祈り
地球は今日も荒れ模様だ

＊

イカルスが堕ちた海はどこだ　海が怒濤の渦
巻きで奈落の底へ落ちこむ世界の果てはどこ
だ　そこは夕焼けが次々に花開いて壮麗な祭

礼にみちているという　古代の人びとが恐怖と憧憬のうちに夢見たこの世の終わり　その厳粛でどこかうさん臭い腐食画のタブローが今の世にもひそかに伝わっているのだ

＊

十月の朝　埠頭から旅立っていく帆船が見える　白い帆布が風の後押しで力強くはためいている　あの船にはどんなクルーが乗っているのだろうか　積み荷の数は揃っているだろうか　食料や酒蔵は満ち足りているのだろうか　デッキの上で倒立する少年の顔に見覚えがあるような気がして　波止場を駆ける見送り人の群れ　あれは多分おまえが遠い忘却の丘の梢に置き忘れた帽子のように　おまえの過ぎ去った世界から届いた贈り物かも知れない　人は繰り返し幻の旅に立ち向かう　たとえ世界の果てが奈落に通じようと　未知への誘いは生涯消えることがない　さあ今日も旅立とう　散乱する野菜やコーヒーカップのテーブルから　港の冷ややかな海の風をあびて

（『炎の樹連禱』二〇〇六年思潮社刊）

詩集〈かけがえのない魂の声を〉から

森の中へ

森の中へ自分の木を探しにいく
その木に出会ったら抱きしめて
木の呼吸や鼓動を全身で感じとる
こうしてそれぞれの木と人は
パートナーになるというのだが…

北極圏に近いラップランド
先住民サーメのシャーマンは
天空や精霊と交感する太鼓の木を
森の中へ探しに出掛ける
太鼓の胴の部分を作るために
分身をわけてくれる木を探すのだ

アイヌの集落でも
森の中に片側だけ削られた
奇妙な木が残っている
木の生命を損なわないように
樹木の魂に礼をつくすからだという

木に寄りそって生きること
先住民はそのすべを知っているのだが…

森の中へ行っても
先住民でないわたしは
どの木に自分がふさわしいのか
どの木と自分が結ばれるのかわからない
だからわたしは目に見えない木
比喩としての生命の木を探す

それがわたしの固有の木
炎の樹かも知れないからだ

＊竹村真一『宇宙樹』（慶應義塾大学出版会）を参考にした

海が満ちてくるとき

海が満ちてくる
寝入る前の荒れた草原や
明け方の薄闇を押し分けて

ひたひたと寄せてくる
海の流れに
身をゆだねながら
ひたすら海とともにあろうとする
ほかにはなにも考えない

海がくる前に
なにか予兆があるのだろうか
そういえば
からだの潮位が下がり
なにかに飢えているような日々

潮の香が匂う濃密な時間に

海はふいに満ちてくる
稚魚をはらむタツノオトシゴや
暗黒の海に生きる
リュウグウノツカイを連れて
頭だけの鯨がくることも

わたしの先祖だった魚が
からだのなかからぬけだして
海の奔流に参加する
だからわたしのこころは
魚のかたちにくりぬかれて
空洞のままだ

朝の渚にたどりつく
かすかに海の匂いがただよう
きょうも魂の滴を売りにいく…

幻視行

進んでいるのか
流されているのか
立つ位置を求めて移動しながら
風が招く未来の方向を
手探りする幻視の旅

だれかが遠くで叫んでいる
言葉以前の闇にとらえられて
このろくでもない世界
物語の始まりは　いつも謎に満ち
物語の終わりは　すべて無に帰す
その先には何があるのか

未明の夢がめくれあがる
魂のステーションで
すれ違う首筋が寒い中年男
所在先不明のお年寄り

父殺しの凶器を隠し持った少年
浄仏できない怨霊の群れ
彼らと無縁ではない存在の有り様

何かが余分で
何かが欠落している
この世の仕組みが
闇に生きる人びとの心を
荒廃させるのかも知れない

だが日は沈み日はまた昇る
時は摩滅するのではなく
生み出すものだと
自らを鼓舞しながら
きょうも疾風の朝に向き合う

時代の気流をかきわける
幻視の旅は果てしない

がれきのかなたで海は青く

石巻はゆかりの魂が宿る街
今はがれきのかなたで海が光る
撓む大地や怒濤の海に罪はないが
どうしてこんな厄災が海辺の街を襲ったのか
あの運命の日からくりかえし問い続けるが
闇の底を風が吹き抜けるばかりだ

被災地へ向かうバスの中で
初老の漁師が呻くようにつぶやいた
《伯母が海に引かれて死んだ
　親戚の一家五人は行方が知れない
　遺体も見つからない
　娘はきょうが二十歳《はたち》の誕生日なのに…
この悪夢のバースデーが今は現実なのだ
あの一瞬　荒れ狂った海の仕業が
手つかずの未来を奪った

娘の一家が消えた南浜町をさまよう
すべての家々は木っ端微塵の極み
がらくたの廃墟と化していた
ここにどんなくらしの和みがあったのか
どんな夢の種子を抱いていたのか
死者と行方不明者の無量の思いが
砂塵にまじって吹きつける
横殴りに降りはじめた大粒の霰が頬を打つ

そのときわたしの心は遥かに聴いたのだ
今は帰らない人びととの辞世のことばを
《いつまでも海を恨んでいないで
　おれたちの分までしぶとく生きてくれ
《わたしたちの悔しさをバネに
　またこの街を立て直してほしい
このがれきの地からしか復興の礎はないのだと…
日和山公園から厄災の痕跡を見下ろした
海は沈黙のかなたで光っていた

船が屋根を越えた日

船は海や川の水上を渡る
海では日々の荒波をかきわけ
川面では雪解け水をすべるように進む
だが海の箍《たが》がはずれた厄災の日
船をのせた大津波は防波堤を越え
街へなだれこんだ

石巻の旧北上川河口に近い通りでは
空から降ってきたように
赤い船がメインストリートをふさいだ
流されなかった建物の屋上には
青い漁船が鎮座した

陸に上がった漁師がぽつりともらした
「あの青い船は兄貴のものだよ
　いつもなら銚子沖で
　サバとイワシを追っているんだが」

身内に死者と行方不明者を抱えながら
漁師は逆境の陸でふんばっている

坂道の脇に立つ小さな仏像を見た
崖下の寺から津波によって
流れついたのだろう
背後に広がるがれきの修羅場
遠くで青く光る海の壁
仏像の微笑はどういう意味なのか

人知を超えた
信じられないことや
あり得ないことが現実に起きている
人間の傲りと愚行を恥じるが
いつも犠牲になるのは
名もない民衆のいのちとくらしなのだ
地球は身震いの警告を発している

ガンジス河のほとりで

夕闇の底をガンジス河の水辺へ向かう
騒がしい街は車と人間、牛や象が行き交い
花や素焼きの壺、みやげものを商う露店では
サリー姿の売り子が声を嗄らしている
物乞いをする澄んだ目の子どもたち

日が暮れると満月が夜空を支配する
小さな舟でガンジス河に漕ぎ出す
暗闇の中で始まるヒンズー教の儀式
伝統楽器の角笛、鐘、銅鑼、タンバリンが鳴る
燭台に火を灯し祈りを捧げる僧侶と信者たち
花で飾られた灯明皿のキャンドルを水面に流す
（はるかに遠く被災地の灯籠流しが重なる
　海と大地が痙攣し、ふいに断たれたいのち）
満月の光で偶然見たのだ
小舟から白い布で覆われた聖者の遺体が
ガンジス河に降ろされるのを
聖者と子どもの亡骸は荼毘に付されずに
石の重りをつけ河の深みへ沈められる
聖者は人生を超越しているから
子どもはまだ人生を知らないからだという
輪廻転生を信じるヒンズー教の水葬のかたち

（遺体が人の手で河に葬られるならまだいい
　死に対峙する覚悟も惜別の言葉もなく
　異界に飲み込まれた人びとの悔しさ…）

夜明け前からガート*は信者たちで賑わう
対岸の砂地から昇る深紅の太陽
ガンジス河の沐浴で現世の罪を浄める人
河に向かって祈りを捧げ再生を願う人
ガンジス河はすべての生と死を飲み込みながら
きょうも悠久の時を茫洋として流れていく

*岸辺から階段になって海水に没している堤。沐浴する場として使われるが、ヒンズー教の火葬場になっているものもある。

かけがえのない魂の声を

氷塊をふくんだ曇り空
かみさまもほとけさまも
肝心なときに雲隠れすると
心底から呪ったあの日

穏やかな海原を引き裂いて
黒い濁流が村や街を飲みこんだとき
わたしたちはまぎれもなく
世界の崩壊そのものに立ち会ったのだ
あの日からありえないことが
現実にありうることを手痛く知った

どうしたら　ひとりひとりの惨禍を
抱きとめることができるのか
胸に祈りの木を秘めて
海辺に立つわたしのまなざしは
海原をわたる幻の葬列を見ている
失われたいのちのともしびは
あおじろいりんのゆらめき

いまわずかにできることは
非業の死をとげたひとびとの存在を
いつまでも記憶の草むらにとどめること
鎮魂の森で青い木の芽を育みながら
断ち切られた思いを未来へつなぐこと

潮風がなぶる傷の痛みに耐えながら
再生への飽くなきルートをさがす
どんなことがあってもいつか
あの日から変質した世界の闇の先に
ほのかな光の樹を運ぶこと

絶句したかけがえのない魂の声を
聴き取ることからはじめよう
海の底で折り重なって眠るひとびとの
凍りついた無念をときほぐすために

雨は灰とともに

雨は灰とともに降ってくる
おびただしい墓碑名の上
生き残った人びとの心臓《ハート》にも

一人ひとりの失われた非命*の生涯は
固有の未来を奪われた途絶の歌
かけがえのない犠牲を払って
世界はどれだけ変わったというのか
失意と不信がよどむ北の大地

海と河口の合流地点では
だれ一人生還した者がいなかった
雨の底で無人の集落跡がけむる
透け透けになった防潮林

海底の揺らぎは予測できないが
津波を自然のままに受け入れながら
巧みに制御する仕方があればいい
彼岸への堰を越えた人びとのためにも
新たな言い伝えを後の世に残したい

再び海とともに生きようと
大波の勢いをとめる祈りをこめて
未来の木を植える海辺の子どもたち
弔いの雨を恵みの雨に変えながら

＊天命でないこと。思いがけない災難で死ぬこと。（岩波国語辞典）

オフリミットの先に

震災直後
初めて海辺の被災地に立ったとき
胸底から突き上げる違和感に
打ちのめされる自分がいた
地獄はこの世にもあったのだと…

土台だけが残って
原型をとどめない家々
死の赤い旗が点々と連なって
みぞれ交じりの海風に吹かれていた
どんな言葉もなく
黙礼するしかなかった震災の春

あれから一年半が過ぎても
家屋が流失し身内を亡くした
人びとのくらしは戻っていない
県外に避難した被災家族は
いまだに故郷の大地を
踏むことができない

放射能まみれの警戒区域
ここから先はオフリミット
放置された家畜の悲しげな目
目に見えない放射能の恐怖

オフリミットの先に
どんな未来があるのか
いやオフリミットの中にこそ
閉ざされた未来が
封じ込められている

廃炉と再稼働のせめぎあいの中で
先送りされ軽視されるのは
いつもにんげんの尊厳といのちだ
今生きることの根源が問われている

抱きしめようとして

何もかもが途上である現在　どうしてここにいるのかどこへ向かっているのか不分明なままくらしつづけるしかない日常　灰いろの空はあのときのように引き裂かれ雪まじりの風はいまも体と心の芯を冷やす　あの日途絶した橋　あなたは帰らない　夢の水平線でしか会えない苛立ち伝わらない思い　さらに逼迫する家計　遠い未来

あなたのぬくもりやいたわりあう関係が消えて久しい宙吊りになった精神の状態で日々の雑用をこなす　あなたなしではこれからどう生きたらいいかわからない朝と夜　海の彼方であなたが漂っている世界が見えるのにどうしても近づくことができない　わたしたちが触れ得ないむこうの世界であなたは笑いながら話しているのに

抱きしめようとして腕が空を切るかなしみ
喪失というむなしい言葉だけが立っている

予感はあったのだ　いつかとんでもないことがこの惑星に起きると心のどこかで思っていたのだ　自然の異変を感じながらこの星の住人たちはなにもしなかった　破壊と破滅への予兆ははるか以前からこの惑星に胚胎していたのだが　目の前の膨張しつづける欲望を追いかけることに夢中だった　危うい均衡のバランスはいつか崩れる

この惑星で生きることは危険と背中合わせだということをあらためて知った　この星の住人が考えもしなかったことがいま起きている　予測できない未来への不安と恐怖　だからといって　この世であなたと行き違いになるなんて信じられない　抱きしめようとして空を切るかなしみにどう耐えるのか　あなたなしの旅が永遠につづく

風の遺言

海辺の街は
まだ手つかずの遺構のままだ

あの日のすべてを看取った
灰いろの空は
永遠の闇のかなたで悶絶している

海が悪いのではない
陸を襲ったのは海の意志ではないと
額のしわが深い漁師は
しわがれ声でつぶやいた
海はきっともとのようになる

この非情な海の上を
どこまでも歩いていきたいと
遺された家族はいう
あの人がいる海の果て
奈落の向こう側へ

浜をさまようと
風の切り口から声の遺言が届く
海の女神になって
わたしは魚やサンゴたちと
夢のコロニーを作っているの

おれは海の清掃屋
にんげんが汚した海を浄化するのさ
もう一度生まれ変わるとき
ぼくは同じ家の子どもになるんだ
いつの時代かわからないけど

まぎれもない海と空が
もどってくるかどうかは
だれにもわからない
風の遺言だけが
はるかな海と空を超えて聞こえる

杜と川と海辺のまちで

歌うことを疑った黙秘の季節

首都から北国の知らないまちへ

この地にきて失うものは何もなかった
はじめから失うものなど
何も持ち合わせていなかったのだ
虚ろな闇を抱えた青白い魂が
杜と川と海辺のまちに漂着した

暮らしの葛藤や夢の崩落
さまざまな未知のものとの出会い
アユが躍る川のほとりに住んで
幻影の樹に魅せられ
言葉に向き合いながら時を重ねた

災いはいつでも不意打ちの脅威
灰いろの歳月ばかりが過ぎて
つぎはぎだらけの海辺のかたち
閉塞する日常の営み
行き場を失った心の難民

気づかないうちに
生者の身代わりとなって
この世の地獄から消えたひとびとが
天空より透き通ったまなざしで
地上の試行錯誤を見下ろしている日々

地場で汗を流すひとびと
有り余る反故をかかえながら
塩害に苦しむ大地を耕し
更地の港から出て魚群を追う
どこでどんなくらしにあえいでいても
逃げだすわけにはいかない

杜と川と海辺のまちで言葉を束ねる
くじけないで生きるこころに
それとなく寄り添いながら

未来からのまなざし

陽をあびた洗いざらしの浜
ふいに断ち切られた温もりの時間

あの日あのとき
千年に一度の破局がこの地を襲った
海辺のまちは
すべての色とかたちをなくした

ひとはいなくなっても
自然はありのままに存在する
そんな当たり前のことが
どうしてこんなに胸を抉るのだろう

自分の意志ではないのに
埒外の沖に流されたひとも
まぶたをかたく閉じて帰還したひとも
あの日までは
それぞれの愛につつまれ
平凡で穏やかな日々を
過ごしていたのではないか

生きるとは
そうした何げない日々の
ささやかな充溢の中を
かけがえのないひとと一緒に歩むこと

不慮の衝撃のために
犠牲になったひとびとの
身代わりになることはできないが
ひとりひとりの温もりの記憶を
思うことはできるだろう

波の間に漂うひとびとの霊が
それぞれの魂のかたちで風に吹かれる
千年後の未来から

わたしたちの現在は照射されるだろう
この不幸なカタストロフィーを
どのような英知で乗り越えるのか
未来のひとびとの生存の礎を
どのように築くことができるのか

時空を超えて　千年後の未来に
わたしたちの生きざまは繋がっている

未来からのまなざしを受けて
まだ傷跡が消えないこの地で生きる
温もりの記憶を忘れない魂のなぎさで
こどもたちのいのちのいぶきに
未来へのかすかな風を感じながら

（『かけがえのない魂の声を』二〇一三年思潮社刊）

散文

詩のふるさと——樹気と水、風の音

少年の頃、私は岩手県の松尾鉱山に住んでいた。硫黄と硫化鉄鋼の生産量では日本一の鉱山だった。坑道や製錬所があった元山地区は標高八七八メートルの山岳地帯。霊峰岩手山を仰ぎ、八幡平国立公園の東の入口に位置していた。明治三十五年に発見されたこの鉱山は、最盛期の人口が約一万五千人。元山地区には白く近代的な集合住宅や総合病院、映画館、私立病院などが立ち並び、近在の村々からは〝地上の楽園〟と言われていた。

東京で生まれた私は太平洋戦争が終わる一年前に、母の実家があった岩手県松尾村へ疎開した。父が戦争から帰り松尾鉱山に就職したので、二歳年下の妹と四人で新天地に向かった。元山地区は亜硫酸ガスの匂いがたちこめ、冬は積雪が二メートルを超える豪雪地帯だった。生来、身体が弱かった私は、小児喘息の発作と扁桃腺の高熱で悩まされた。

父が鉄道学校を出ていたので翌年、松尾鉱山鉄道の発着駅があった屋敷台に移転した。屋敷台は岩手山麓に広がる標高四八〇メートルの美しい高原地帯だった。この地の澄んだ大気が小児喘息の発作をやわらげてくれた。一年後の小学五年から野球を始めた私は、いつのまにかスポーツ少年に生まれ変わった。中学三年の時はエースで四番を打ち、走り幅跳びと三段跳びの選手だった。

屋敷台の冬も厳しかった。冬が近づくと「恒久防雪廊下」が作られた。十月中は屋根や柱の補修、十一月は臨時防雪廊下の組み立てやカヤ、コモを張り、十二月になるとムシロを使って完全密閉した。この雪のトンネルは雪に閉じこめられたことのない〝下界の人〟には、絶対に分からないだろう。

激しい時には風速三十メートルの猛吹雪が吹き荒れ、人は歩くどころか立っていることもできない。だから社宅から社宅へ、事務所や病院へ、蟻の巣のように張り巡らされた防雪の道はありがたかった。ムシロの廊下では裸電球が揺れ、行き来する人達は低い声で季節の挨拶をかわした。だが、元気な子供たちにとって、冬はウィンースポーツの天国だった。子供たちは山スキーで学校へ通った。

冬が過ぎると、春の山野がいっせいに芽吹き、さまざまな花たちが咲き乱れた。その新鮮な美しさはまさに北国における自然の一大交響詩といった趣だった。樹々や草花だけではない。おびただしい鳥や小動物たちが季節の恵みを受けて共存していた。子供たちは草いきれのする野山を駆け回り、川の清流で水と戯れた。私もまた木陰で憩い、北上川の上流にあたる松川でよく遊んだ。屋敷台で過ごした六年間はわが生涯における黄金の日々であり、アドレセンスの輝きに満ちていた。

だが、鉱山の現実は厳しかった。石油の精製過程で回収硫黄が出現。技術革新の波が鉱山の太平の眠りを揺さぶり、硫黄を掘っても売れない異常事態が発生した。昭和三十三年からの十年間は、経営悪化に伴う会社側の人員整理と組合側のストライキが相次ぎ、四十四年十一月、閉山に追いこまれた。〝雲上の失楽園〟だった。私の父母はそれより早く、第一次の人員整理で離山し、盛岡を経て仙台に移った。私は東京で詩を書き、鉱山へ帰ることはなかった。

話は飛ぶが、仙台市の大年寺公園（野草園）に、山本正道のブロンズ彫刻「風の音」（一九八三年四月制作）がある。遠くから見ると、三本の太い足を持った象のような形が印象的だ。ただし、長い鼻はなく、物体にあいた四つの穴から風が自由に吹き抜ける仕掛けだ。この奇妙な形態は、山本彫刻が常に独自の表現として追求してきた丸味のある樹木のメタモルフォーゼなのだ。

山本はこの作品に寄せて次のように書いている。「少年の頃、僕にとって木はいつも身近な仲間だった。家の前に大きな楠の木があり、その頂に登って遠くを眺めると繁った葉の間から遥かに海が光って見える。そんな自然の広がりに心が踊るのだった。今も空に向かって枝を大きく伸ばした木の下を通る時、ふっと遠い日の思い出が心に蘇って来る」。遠くに光る海に向かって開いている樹木。それは明るく陽性で、いかにも山本の作風にふさわしい思い出だ。創造の秘密がここにある。

私の場合は樹木に対してもう少し違うイメージを抱いていた。北国の自然は時として厳しく、明るく陽性な姿

だけではなかったように思う。少年時代によく遊んだ松川の河原には、おびただしい枯木や倒木が横たわってい
た。その原風景は長い間、心の底に眠っていたが、木を使って死と再生のドラマを物語るデイヴィッド・ナッシュの現代彫刻や、北海道の木を素材に野性的な抽象彫刻を遺した故砂澤ビッキの作品を三年前に観て、私の中の何かがめざめる思いがした。砂澤はガンで死ぬ直前、最後の作品発表（神奈川県民ホール・ギャラリー、一九八九年）のテーマを〝樹気〟と名づけた。砂澤は樹木の精気、その生命のかたちを表現しようとしたのだろう。

樹気と水、風の音。詩を書き始めて三十数年になるが、今私の内部で静かに満ちてくるものがある。はるか遠くから空を渡ってくるざわめきがある。繰り返しよみがえる詩のふるさと。言葉がくるのはいつも後からだ。

（「俳句とエッセイ」一九九二年九月号）

鎮魂の花一束——母タキと叔母の女優園井恵子の生涯

盛岡市愛宕町の恩流寺を訪ねたのは、一九九九年六月二十一日の夕方だった。開祖五百年の風格が感じられる曹洞宗の寺の前で、境内へ入るのを一瞬ためらった。その寺を探すことばかりに気を取られ、墓前に供える花を携えていなかったからだ。そこへ花を持った上品な老婦人が通りかかったので、花屋の場所を聞いた。彼女は親切に教えてくれたが、「ここからはかなり遠いですよ」と気の毒そうに話した。

「原爆で死んだ女優園井恵子の墓が、このお寺にあると知り、お参りにきました」と私は正直に話した。すると彼女は「園井さんは盛岡でも有名な方です。確かにお墓がありますよ。この近くでお墓のことをよく聞かれます」という。「数年前に園井恵子が私の叔母だと知りました。母の異母姉妹の妹です。母が亡くなったので、盛岡へ来たついでにお参りすることにしました」。初対面

の人にもかかわらず、ふと打ち明ける気になった。
「まあ、園井さんにゆかりの方ですか。亡くなった主人が岩手日報の記者で園井さんを取材して記事を書いたことがありました。美しく聡明な方だったと申しておりました」。今は亡きご主人（西川記者）を懐かしむような表情になった。それから急に菊の花束を差し出して「よかったらこの花を園井さんのお墓にお供えください。折角、遠い所からお出でになったのですから」。老婦人の好意に感激し、その花をありがたくいただいた。

園井恵子の本名は袴田トミという。墓所の真ん中辺に袴田家の代々の墓があった。墓の右手前に園井恵子の小さな慰霊碑、左手に追慕灯籠が立っていた。母の代理として墓石、慰霊碑、灯籠を水で清め、菊の花を供えて手を合わせた。碑文の文字はかすれて読みにくかったが、判読すると次のような言葉が石に刻まれていた。「昭和二十年八月／廣島にて原爆に遇ひ／園井恵子　三十三才にして　逝き／祖先と共に／此家にねむる」。鳥の声、風の音を聴きながら、詩を書き続けてきた私自身の系譜と来歴に遠く思いを馳せた。

母タキがこの世を去ったのは、桜の季節が盛りを過ぎ、やや底冷えのする一九九九年四月二十一日の午後十時五十五分だった。娘の芳賀弘子、孫芳弘、ひ孫優哉と仙台市の家で食事をした後、突然心臓が止まり救急車で仙台市立病院へ運ばれた。私は妹からの悲痛な電話を受けて病院へ駆けつけたが、医者や看護婦たちの懸命な治療も実らず、母の意識は戻らなかった。享年八十八歳。あまり苦しむこともなく、米寿を過ぎての大往生だった。

生前の母は控えめで自分のことを語らなかった。松尾鉱山から盛岡の高校へ入学以来、親元を離れた私は、母の人生について漠然としか知らなかった。その母が珍しく饒舌に自分の過去を話したのは、六年前に亡くなった父の葬儀の後だった。夫を失って寂しかった母は、自分の思い出に浸ることで無意識のうちに、悲しみを癒していたのだろう。その中で私の知らない事実が幾つかあった。母に異母姉妹の妹がいたことも初めて知った。

その妹は園井恵子という女優だった。一九四五年八月六日に広島で被爆し、同二十一日に三十三歳の若さで亡くなった。彼女の祖父・袴田政緒は出身地・岩手県松尾村の初代村長を務めた。一九九一年、松尾村が村政施行百周年を記念して『園井恵子・資料集――原爆が奪った未完の大女優』を出版し、原爆の犠牲になった女優を偲んだ。松尾村では園井恵子資料室を設け数々の遺品や写真、台本、自筆の手紙、参考文献などを展示している。

　私の母は一九一一年（明治四十四年）三月十五日、松尾村で袴田タキとして生まれた。父親は名人肌の菓子職人だったが、商売上手ではなかったという。ある日、夫婦喧嘩の果てに妻・キノに心中を迫った。何があったのか不明だが、怖くなった彼女は子どもを連れて実家へ帰り離縁した。その後、彼女は藤田家を継ぎ、二度目の夫・繁と再婚して五人の子どもを生んだ。タキは養女として籍に入り、農家の長女として育てられた。

　タキの父・袴田清吉も再婚し、長女・トミは一九一三年（大正二年）八月六日に松尾村で生まれた。タキよりも二歳半若かった。袴田家は一年後に川口村（現・岩手町川口）に移住した。父親が違うので「清吉の娘」とひやかされ、少女タキの心は傷ついた。生前の姉妹は会うことがなかった。タキも「お母さんにつらい思いをさせた人の娘なので、若い頃は会いたくなかった」と述懐した。複雑な心境だったらしい。

　義父の繁はタキを他の子どもたちと分け隔てなく可愛がった。タキは高等小学校卒業後に女子師範学校へ行き、学校の先生になるのが夢だった。しかし、家庭の事情ですぐ職に就くため、岩手医大付属岩手産婆看護婦学校に入学。一年で助産婦の資格を取得した。その間、「袴田トミさんは藤田さんの妹だそうですね」とよく言われた。

　盛岡の学校を卒業後、タキは水沢市・中の目病院で働き、先生夫妻に可愛がられた。縁があって東京の有田助産婦院に移り、助手として有田先生に仕えた。明治末年生まれの農家の長女がよく東京へ出られたものだと、私は不思議に思っていたが、生い立ちの境遇があったからこそ、両親は娘を都会へ出したのだろう。園井恵子もまた突然故郷を離れ、夢の宝塚を目指した。新天地を求めた点で、この姉妹はよく似ていたと言える。

　袴田家の生活は貧しく、トミにとっては苦労の多い家庭環境だった。しかし、少女時代から美貌に恵まれたトミは、一九二九年に岩手を離れ宝塚音楽歌劇学校予科一年に入学。翌年本科に進み、その後は園井恵子という芸名で活躍した。退団後、映画『無法松の一生』(稲垣浩監督)で坂東妻三郎と共演。吉岡陸軍大尉夫人・良子を演じ、一躍銀幕のスターとして脚光をあびた。子役の息子・敏雄は沢村アキオ(現・長門裕之)だった。

戦争中に新劇人で組織された移動劇団「桜隊」に加わり、一九四五年八月六日、丸山定夫らと巡業中の広島で被爆。神戸の知人宅で終戦直後の八月二十一日、髪が抜け発熱するなどの症状が出て死亡した。亡くなる四日前に母親にあてた手紙で「日本の立ち上がる気力を養うための、なんらかのお役に立たなければ」と書いて、女優として生きる強い意志を伝えている。彼女と多くの市民を殺傷した原爆に対して私は激しい憤りを覚える。

タキは妹の園井恵子が宝塚や映画で活躍し、原爆で死んだことを新聞記事で知った。「今になると会っておけばよかったと思うわ」と母は回想の中でつぶやいた。助産婦や病院勤めで人のために尽くした母は、地味だが平穏な生涯を送った。一方、園井恵子の被爆死は原爆の恐怖、戦争の悲惨さを強く訴え続ける。遥かな時を経て、生前すれ違った姉妹はあの世で巡り会ったのかも知れない。二人の霊が安らかであることを心から祈りたい。

(「THROUGH THE WIND」四号、一九九九年七月)

連作「炎の樹」をめぐる覚書
――人はどのようにいのちを燃やして生きるか

私は一九七八年一月十日付で、第二詩集『炎の樹』を青磁社から出版した。今から二十八年前のことだ。この詩集に収めた十五篇の中で、「炎の樹」の連作は五篇である。「炎の樹」というタイトルで初めて書いた作品は、八王子の詩人天野茂典氏の個人誌「DRUMSOLO」十一号（一九七七年三月発行）から依頼されたものだった。作品の完成はおそらく同年一月ごろだろう。

その後、同年二月から九月にかけて「炎の樹II」から「炎の樹V」までを脱稿。故丸山辰美、米沢慧、玉木明らと出していた同人詩誌「匣」（東京）十一号に発表する予定にしていたが、「匣」が出ないので（十号で廃刊になった）、詩集には未発表として収録した。この詩集は出版社が倒産したため、絶版になり現在に至っている。筆者の手元にも詩集はほとんど残っていない。私はその後も「炎の樹」の連作を書き続けているが、参考までに詩集冒頭に収録した「炎の樹」の一部を引用する。

「（前略）きみのまだ新しいバスケットの中には／どんな鳥がはばたいている？／どんな炎の樹がゆれている？／いつかきみも手痛く知るだろうね／カレンダーの日付から欠落したある日／鳥がどこへも飛ばないことを／炎の樹が灰でしかないことを／そのかわりきみの手は／見つけることができるだろうか／飛ばない鳥をひそかに飛ばし／灰の中から炎の樹を生みだす仕方を（後略）」

この詩集はささやかな反響を呼び、私は幾つかの詩誌に作品を発表する機会に恵まれた。作品の一部を引用した「炎の樹」は番号を付さなかったが、以降は作品に番号を付した。「炎の樹VI」から「炎の樹VIII」までは小詩集として「現代詩手帖」一九七八年六月号に掲載された。そのほか、日本各地の詩誌から作品を求められ、私は連作を書き続けた。「炎の樹」は熱く激しく燃えていた。

そのころ詩誌「地球」に属していたので、「地球・創刊30周年記念号１９８０」に、詩「炎の樹」とエッセイ特集「わが作品の風土と背景」に「「炎の樹」に関する断章」を発表した。それから二十一年後の二〇〇一年七月十七日付の河北新報・文化欄のコラム「計数管」に、「炎の樹」を求めて」を書いた。一つの主題を追って二十数年間も詩を書き続けてきたのは、私にとっても初の経験である。

「炎の樹」について一言で語るのは難しいが、人間はだれでも心の中に燃える炎の樹を抱いている。愛する人の瞳の中にも「炎の樹」は燃えているし、豊麗の年を重ねてきた長老の背後でも「炎の樹」は揺れている。「炎の樹」は至る所に存在するはずだ。もしそれが見えないとしたら、あなたが見ようとしないからではないか。いい加減に生きていると、「炎の樹」は消えてしまう。生の内実こそが問われるのだ。

第二詩集『炎の樹』を出版後、さまざまな人から手紙をいただいた。ある人は「炎の樹」を〈希望〉だといい、別の人は〈勇気〉のことだと読んだ。さらに他の人は〈青春〉の比喩ではないかと指摘し、友人の一人は〈生命〉のことだろうと伝えてきた。興味深かったのは「炎の樹」について読者がいろいろなイメージを抱き、自分なりの「炎の樹」の像を感じ取ってくれたことだ。

抽象的な観念ではなく、もっと具体的に目に見えるものとしてとらえた読者の方も何人かいた。ある人は毎朝の通り路で「炎の樹」を見かけると伝えてきた。また、他の人は気がついてみると、この地域にも「炎の樹」がありますよと教えてくれた。ありがたいことだと思う。その人の胸の中で燃えているものが、周囲の世界に「炎の樹」の存在を見出したのかも知れない。私にとって自分の詩がどのように読み取られるのかを知るいい経験になった。一方で書く側の責任も感じた。

私にとって詩は魂の歌だという思いは「炎の樹」の連作を始めたころから変わっていない。もちろん若いころと違って、その内実や表現方法は長い風雪の果てに幾らか変化してきたと思うが、基底の部分においては共通するものがあるはずだ。それは人間としていかに生きるかということであり、そのために日常の中でいのちの炎をいかに燃やして生きるかという根源的な問いと結びついている。

もちろん、人間としていかに生きるか、日常の中でどのように生命の「炎の樹」を燃やすかという問いは、単純に答えられる問題ではない。すれっからしの現代社会は、むしろその根源的な主題からかぎりなく逸脱することによって、成立しているのではないだろうか。視点をずらしたり無化したりして、問題の所在をかぎりなく拡散させる傾向にある。大局を見ることなく、トリビアルな現象を追いかけることですべてを平均化する。今は巨大なマスが個々のかけがえのない存在を押し流していく時代なのだ。

そんなファッショ的な時代風潮と右傾化する精神風土の中で、人はいかに生きるべきかという原初的な命題を発しても、猛威を振るう濁流に押し流されてしまうだろう。「炎の樹」を求めるというファンタスチックな行為も、沸騰する社会的な現実の前では無力なのかも知れない。しかし、だからこそ逆に個からの思想的な反転があってもいいし、夢の発現が時代の核心を突くこともあり得るのではないか。「炎の樹」を求める行為は非現実的であるが故に、余白から新しい種子が芽生えるかも知れないからだ。

「炎の樹」の連作を書き始めてから、二十八年の歳月が過ぎたが、私はなおも断続的ながら「炎の樹」の主題と向き合っている。先の文中にもあるように、「炎の樹」の出現や消滅は、自らの生きざまと深く関わっているようだ。詩を書く以前の現実の生活を充実させていないと「炎の樹」はすぐ消滅してしまう。人はどのようにいのちを燃やして生きるのか——という根源的な問いに答えるために、幻影の「炎の樹」を追い求め、その存在を魂の歌として伝えることが私の使命ではないかと考えている。同志社女子大学人間生活科教授の村瀬学氏は生き物の大半が自らを「種子」にして次世代へいのちをつないでいく不思議を感じていた。一方、幹や枝分かれをして成長する木のかたちについても、生むという姿の寓話を見たという。そして「もう一度〈いのち〉を考えるきっかけがつかめたように私は感じた」と、木を見つめることで、いのちの思索を展開している。私もまたいのちの炎と樹木の寓話を書いてきたのだ。

＊村瀬学・著『哲学の木　いのちの寓話』（二〇〇一年、平凡社）

（「THROUH THE WIND」十九号、二〇〇六年四月）

鎮魂と地域再生

特別名勝松島の東側に位置する東松島市は市街地、住宅地の六〇%が津波で浸水した。二〇一一年七月三十日現在、死者一〇四二人、行方不明者一一二人。死者の数は石巻市、陸前高田市に次いで三番目に多い。宮戸地区はノリやカキ、ウニなどの養殖地だが、施設が破壊され特別名勝の美しい景観も損なわれた。市内の田畑は塩害で深刻なダメージを受けている。

仙台と石巻を結ぶJR仙石線は、震災後四カ月半を過ぎても松島海岸〜矢本間が不通で復旧の見通しは立っていない。代行バスを利用し野蒜《のびる》駅前で降りた。駅は二階のフロアが斜めに陥落して、改札口をふさいでいた。洲崎浜へ向かう道の両側にあった松林は津波によって消滅した。ここは松島の景勝から少し離れているので「余景《よげ》の松原」と呼ばれている。名づけ親は伊達四代綱村だが、今は一面の荒れ地と化した。

その昔、有名な野蒜海水浴場の民宿に泊まり、夏を過ごしたことがある。洲崎浜から松島寄りの美しい砂浜だが、津波はすべてを奪い去った。洲崎浜と鳴瀬川河口に位置する野蒜新町地区は、浜と川の双方から津波に襲われ、二六〇世帯の人々を飲み込んだ。気象庁気象研究所のデータによると、東松島の津波の浸水高は十・三メートル。浜から防潮堤を越えた津波の破壊力は凄まじく、ほとんどの住居は基礎の部分しか残っていなかった。

再び代行バスで矢本駅に降りた。近隣の桃生郡河南町広渕(現石巻市)に妹夫婦の家があり、孫の面倒をみる両親が同居していた。年末から正月には矢本駅で下車しタクシーで帰省した。両親は他界したが、矢本駅は私にとって懐かしい場所である。隣の東矢本駅から海に向かった。横沼から大曲にかけての広大な稲田は、雑草とがれきで覆われていた。

大曲市民センターの道路脇で逆さまになった「第2竹丸」を見た。船体に赤い色で書かれた「ガンバロー大曲」の素朴な文字が胸を打つ。北上運河の大曲浜新橋を越えると、道路が陥没し浸水で前へ進むことができなかった。大曲浜の住宅地は壊滅状態。クレーン車の工事音の奥から津波に消えた人々の慟哭と怨嗟の声が聞こえるような気がした。

東松島市は人口約四三〇〇〇人のうち、一五一〇七人が八十九カ所の避難所に身を寄せていた。七月末日現在では二十六カ所、五五六人に減少し、まもなく避難所を閉鎖するという。市では「復興まちづくり構想図案」を作成。防潮護岸の内側に海岸防潮林と嵩上げ道路を建設し、海沿いの住宅や学校、公共施設を市街地に移転する計画を立案。年内には「最終復興まちづくり計画」を完成させる方針だ。

どうしてこのような厄災が東日本の各地を襲ったのか。答えの見つからない理不尽な状況の中で、人々は生きていかなければならない。被災地を訪れる度に鎮魂の思いと早急な地域再生を願うのみである。そして今問われているのは震災と向き合う言葉であり、被災者の心情と望みをいかに伝えるかが重要だ。

人々の魂に響くもの

お盆の季節。宮城県名取市を訪れた。死者は約千人。閖上地区は津波で壊滅的な被害を受けた。海に隣接する住宅地は基礎しか残っていない。海と周囲の被災地を見渡す鎮魂の丘・日和山には卒塔婆が立ち並び、合掌する人々の姿が胸を打つ。突然、ゴスペルの混声合唱が響いた。「なとり鎮魂灯籠流し」のイベントに全国から参加した歌い手が海に向かって追悼の歌声を捧げた。関係者は「歌の力で鎮魂の思いを伝えたかった」と語った。

夜になると、破壊された生協前の広場で、鎮魂のキャンドルライトが灯された。中年の姉妹が手を合わせながら涙を流していた。三女と弟の妻が行方不明のまま未だ見つからない。ショックを受けた親族の高齢者が三人も亡くなった。閖上中学校の前では千基余りの灯籠が作られ「光の道」が設けられた。さまざまな絵と「絆」「感謝」「勇気」などの言葉が書かれていた。灯籠は名取川の河口から光の帯となって海に流された。

震災から約六カ月が過ぎ、地域によってばらつきはあるが、被災地の人々は少しずつ前向きに目の前の現実と取り組んでいる。被災者の言葉にも変化が表れてきた。ある被災者は「いつまで嘆いていても始まらない。これからどう生活を立て直すかが大事だ。いのちを失った人たちの分まで、おれたちは力強く生きなければならない。それが亡くなった方への供養にもなるだろう」と話していた。

被災地を訪れ被災者に会う度に、政府や大企業の発する言葉に不信感を抱いていることがよくわかる。救済の施策は後手にまわり、原発事故をめぐる東京電力や原子力安全・保安院の説明は表層をなぞるだけで肝心の事実は隠されている。後になって漏れてくる重大な過誤。現地の実態を知らない施政者や原発関係者の言動は被災者たちの神経を逆なでにする。言葉の軽さ、安易さが問われている。

作家の小池真理子は画家・横山智子の銅版画に寄せて「たとえ明日、世界が崩壊するとわかっていても画家は絵を描き、音楽家は音楽を奏で、詩人は詩を紡ぎます。そしてもちろん小説家は小説を書きます。そうして生み出されたものは、必ずや人々の魂に響いてくると信じます」というメッセージを発している（「河北新報」五月二十八日付朝刊）。美しい言葉である。そうありたいと思う。しかし、今詩を紡ぐとはどういうことだろうか。

震災から二、三週間後に被災地に入った私は、津波に襲われガス爆発で焼き払われた地獄絵図のような光景を見たとき、言葉を失って立ち尽くすことしかできなかった。その直後から震災を題材にした幾篇かの詩を書いたが、まだ何事も表現していないように思う。それだけ現実の重みは表現の領域をはるかに超えて、それと向き合う者を圧倒する。当然のことだが、詩に関わる者の言葉もまた内実を問われているのだ。現実の表層をなぞるのではなく、さらに魂の深みへ向かって人々の心に響く言葉を発したいと願っている。

国際交流と言葉の力

震災から六カ月目の九月十一日、私はインドのニューデリーにいた。国際交流基金ニューデリー日本文化センター（遠藤直所長）の主催による「言葉の力・追悼と復興への祈り〜東日本大震災六ヵ月祈念印日詩歌の会」（インド国際センター）に招かれたからだ。日本からは歌人で国際啄木学会会長の望月善次氏（団長、盛岡大学学長）をはじめ、歌人の松平盟子、俳人渡辺通子と照井翠の各氏、現代詩の私と友人の音楽家只野展也氏が参加。震災を主題にした自作の朗読と音楽の演奏でインドの詩人たちとの交流を深めた。

朗読は一連毎に通訳の的確で分かりやすい英語を通じて（私の場合は米国人のケイト・ストロネルさん）、聞き手の心に伝わったと思う。インドの詩人たちは『日はまた昇る――東日本大震災被災者に捧ぐ追悼の詩』という詩華集《アンソロジー》を編集制作し、約三十人の詩人が被災地の映像とともに震災の詩を朗読した。ヒンドゥ語、英語、日本語と言葉は異なっても、被災者を思う気持ちに国境はない。まさに「言葉の力」による魂の交流が実現した。

帰国後、私は被害の大きかった気仙沼市を取材した。市中心部北東の鹿折《ししおり》地区は、十二メートルを越える津波が海岸から一・五キロ離れた国道45号線まで押し寄せた。その後、火災が発生しＪＲ大船渡線の鹿折唐桑駅一帯を包み込んで二日間にわたって燃え続けた。現地はがれきの集積作業が行われているが、貨物船などはそのまま放置されている。

魚市場、漁協冷蔵庫などがある臨港地区も壊滅的な被害を受けた。復旧工事は進まず浸水したままの被災地では、荒廃した建物やがれきの山が取り残されている。一部の情報によれば、魚市場が復活しサンマ漁の漁船が出港したなどと伝えられたが、魚を獲っても冷凍できないのが現状だ。ここにも復旧の遅れによる言葉のまやかしがある。水産都市の復興がいつになるのか見通しは立っていない。

私の本籍地は石巻市である。震災直後の凄惨な地獄絵図を見たが、石巻出身の作家辺見庸氏は真摯に問いかける。「この凄絶無尽の破壊が意味するものはなんなのか。（中略）非常事態の名の下で看過される不条理に、素裸の個として異議をとなえるのも、倫理の根源からみちびかれるひとの誠実のあかしである」（『水の透視画法』）。彼はこの現実を直視し、混沌とした発語の闇と対峙する。

辺見氏の詩〈死者にことばをあてがえ〉は衝撃的だ。「わたしの死者ひとりびとりの肺に／ことなる　それだけの歌をあてがえ（中略）／夜ふけの浜辺にあおむいて／わたしの死者よ／どうかひとりでうたえ／浜菊はまだ咲くな／畦唐菜《アゼトウナ》はまだ悼むな／わたしの死者ひとりびとりの肺に／ことなる　それだけのふさわしいことばが／あてがわれるまで」。死者には数字で表せない固有の人生がある。死者一人ひとりの肺に、異なる歌をあてがうのは不可能に近いが、詩に携わる者は言葉の力によって表出の根源へ迫るしかないのだ。

（「現代詩手帖」二〇一一年九〜十一月号、『東日本大震災以後の海辺を歩く——みちのくからの声』二〇一五年未來社刊、所収）

作品論・詩人論

《炎の樹》の思想

八木忠栄

いつ、どこで、初めて原田勇男に会ったのか、私の記憶は定かではない。当人に会う前に名前は知っていたし、同人雑誌でその詩を読んで印象に残っていた。彼がまだ東京にいた頃のことである。一九六八年に彼は仙台へ移った。私はと言えば、詩の月刊誌の編集者まっさかりだった。

一九六〇年代前半から、私たち若い詩人は出版記念会や合評会、詩の朗読会をはじめとして、同人以外の詩人たちと顔をあわす機会が多かった。名前は知っていても会うのは初めて、というケースが少なくなかった。そうした何かの機会に原田勇男とも会っているはずである。しかし、お酒を飲んだうえで激論したり、熱く共鳴したりしたという、彼との強い印象は私には残っていない。

強い印象といえば、今も時々思い出しては二人で笑うつまらない出来事があった。その「つまらない出来事」から、原田勇男に入って行こう。

一九九二年の初夏のことであった。北上の日本詩歌文学館で、詩・短歌・俳句・川柳を書いている若手によるシンポジウムが開催された。メンバーに俳句の夏石番矢、短歌の松平盟子らが出席していた。詩のパネラーとして私は出席していた。あらかじめ原田勇男に連絡し、終わってから二人で飲もうという約束をしていた。彼は当日客席にいた。終わって、二人で街の居酒屋を探して飲んだ。（その時食べた岩ガキのおいしさが忘れられない。）

「つまらない出来事」は、帰りの新幹線の車中でのこと。座席にならんですわり、地酒の四合瓶を彼が下車する仙台駅まで愉快に飲み交わしていた。久しぶりの彼との話は盛りあがっていた。そのうち酔いと電車の揺れが一緒になって、キャップに注いだ酒がこぼれて、原田勇男の隣にすわって一人静かに本を読んでいた見知らぬ客に、少しかかりそうになった。「ちょっと。静かにしなさいよ！」とその男が言った。……非は私たちにあった。にぎやかに飲んでいた二人は一瞬シンとして「すいません」と素直に詫びるしかなかった。その時見合わせた私たちのバツの悪い顔。原田勇男の半ベソの苦笑が忘れられない。私がその見知らぬ男だったら、同じようにたしなめたであろう。

どう考えてみても、二人に弁解の余地はなかった。思い出すと、今も可笑しくなる。二人でそれを思い出してはテヘヘへと笑ってしまう。そんなことがあって以来、私たちはいっそう親しさを増したように思う。（そこの詩人よ、ちょっと静かにしなさい！）そんな、つまらない出来事ではあった。

親しくなった原田勇男に対して、私は遠慮せずに何でも言う。本気で、あるいは冗談も交えて。いつだったか、酔った勢いもあって、面と向かって「あんたの詩は、まじめなんだよ！」と言ったことを覚えている。「まじめで、どこがわるい？」と、その時彼は言葉を返さず、あの時のような表情を見せてからテヘヘへと笑った。「言うよなあ、まいったまいった」とでも言うように。彼はフトコロが深いのである。原田勇男に限ったことではないけれど、今の現代詩はまじめだ。一般にまじめすぎて痩せているのではないか、という危惧さえある。「まじめ」はまだ許されるけれど、「クソまじめ」な現代詩はいただけない。耐えがたい。（原田勇男の詩を「クソまじめ」とまでは言わない）「クソまじめ」は読んでいて息苦しくなり、読者の感受性に硬化をもたらす。私は「まじめ」を否定はしないけれど、ふざけた詩はもっといただけない。

世界は
開いた指の間から無愛想にこぼれおちる

世界はもうぼくを呼ぼうとしない
閉された海に急に陽がかげってきたので
鳥たちはぼくのまわりから飛び立って行く

これは、この文庫冒頭の詩「閉された海の唄」の冒頭部分である。何とまじめでカッコいいレトリックでしょう。背筋をのばして「世界は」をくり返すか？　まだ六〇年代直前に書かれた、初々しい青春の詩であってみれば仕方ないか。若書きの詩をとりあげて「まじめなんだよ！」と、今吠えるのはいかにもオトナゲないかもしれない。でも、まじめな詩に対して、まじめにそのように指摘することを赦されよ。そのように評する現在の私のほうこそ、年を重ねて鈍化してしまったということになるのか。

本書冒頭の詩のこの精神が、のちのち原田勇男がこだわってゆく一連の《炎の樹》というテーマとして展開して行くことになる。

最も新しい詩集『かけがえのない魂の声を』（二〇一三）の巻末に収められた詩「未来からのまなざし」のなかに、次の美しい二行がある。

時空を超えて　千年後の未来に
わたしたちの生きざまは繋がっている

すぐれて美しい、と即座に言いたくなる。東日本大震災をテーマにし、知人の何人かが行方不明になった原田勇男が、現地を巡って懸命にしぼり出したフレーズに対して、「まじめなんだよ！」と吠えたりすることが不謹慎であることとくらいは、心得ているつもりである。作者はここで一歩退いている余裕などあるまい。「まじめ」はいけない、と言いつのることはこの際妥当かどうか。今これらのフレーズを批判するつもりはない。したり顔の言質は慎むべきだろう。

けれども、先の「世界は」に対すると同じような不満がある。「時空」「千年後の未来」「生きざま」といった曖昧な既成概念に対する疑問を拒絶しようがない。東日本大震災を経た後に書かれた詩であるからこそ、たとえば「千年後の未来」という命題の先へと、「生」は私たちの闇を刻々に探り、突き抜けて行かなければなるまい。もちろん、時間はかかるであろう。ただし、これは「まじめ」に対する、ある不満のレベルとは異質なのである。

さて、原田勇男の親しい友人であるとはいえ、私は彼の詩についての不満を述べ、ケチをつけるために解説を書き出したわけではない、と急いでここで確認しておかなければならない。

原田勇男には第二詩集『炎の樹』（一九七八）がある。

その後に数冊の詩集・詩画集があって、詩集『炎の樹連禱』（二〇〇六）がある。二十八年の間隔があいた二冊の詩集の《炎の樹》にこれからこだわってみたい。両者がたまたま同じテーマで束ねられたという理由からだけではなく、これは原田勇男の詩の根幹にかかわる問題であると考えるからである。

本書の〈散文〉のページに収められているエッセイ「連作「炎の樹」をめぐる覚書」には、第二詩集『炎の樹』の連作のこと、それへの多くの反響のことなどが書かれている。そのなかで《炎の樹》について次のように述べている。

人間はだれでも心の中に燃える炎の樹を抱いている。愛する人の瞳の中にも「炎の樹」は燃えているし、豊麗の年を重ねてきた長老の背後でも「炎の樹」は揺れている。「炎の樹」は至る所に存在するはずだ。（中略）いい加減に生きていると、「炎の樹」は消えてしまう。生の内実こそが問われるのだ。

その通りである。連作「炎の樹」を書きはじめてから二十八年後の述懐として、至極当然な考え方である。人によって表現の仕方はいろいろあるだろうが、まさしく「だれでも心の中に燃える炎の樹を抱いている」にちがいない。極端な言い方をすれば、それは「凍れる樹」と言い換えてもいいように思われる。

同じエッセイのなかで、「内実や表現方法は長い風雪の果てに幾らか変化してきたと思うが、基底の部分においては共通するものがあるはず」と述べている。私は先ほど「原田勇男の詩の根幹にかかわる問題」として《炎の樹》のことを指摘したが、彼がここで言う「基底の部分」と重なる。

二つの《炎の樹》の詩集の間には二十八年の歳月が流れている。彼の内部ではどんなかたちであったにせよ、《炎の樹》は喪われることなく生きつづけ、燃えつづけたのである。何冊かの詩集・詩画集のなかにも、直接的間接的に「火」や「樹木」のイメージは出没している。『炎の樹連禱』を逐一全篇読んでみればわかることだが、二十六篇どの作品にも「炎の樹」という言葉が登場する。

「連作は何度も中断し、〈炎の樹〉は灰にまみれた」（「あとがき」）けれど、《炎の樹》の主題がよみがえり、断続的に書き継いだという。「まじめ」なればこそである。「あとがき」で、巻末に収められた詩「歳月のしぶきが十月の薄明を」は「九年前」（一九九七年と思われる）に書かれた作品だが、「この詩集を象徴する詩篇だと考える」と、原田勇男は記している。あの東日本大震災が起こる十四年前に書かれた、この長詩の掉尾の部分を静かに読んで、今こそ心に刻みなおしたい。

たとえ世界の果てが奈落に通じようと　未知への誘いは生涯消えることがない　さあ今日も旅立とう　散乱する野菜やコーヒーカップのテーブルから　港の冷ややかな海の風をあびて

そう、私たちは「今日も旅立」たなければならない。東日本大震災よりずっと以前に、詩人には「世界の果て」も「奈落」も、くっきりと（「予見」という言葉は敢えて使いたくないが）見えていたのである。「港の冷ややかな海の風」も忘れがたい。

二〇一三年に刊行された詩集『かけがえのない魂の声を』を見てみよう。パートⅠには「東日本大震災以前の詩」（二〇〇六〜二〇一〇）が十篇、パートⅡ・Ⅲには「東日本大震災以降の詩」（二〇一一〜二〇一三）が十九篇収録されている。つまり『炎の樹連禱』以降の詩が収録されているのである。パートⅠの詩「森の中へ」では一箇所だけ「炎の樹」というフレーズが使われているけれども、パートⅡ・Ⅲではまったく使われていない。当然のことだが、すべて大震災を直接テーマにした詩であって、「がれき」「大津波」「死者」「廃炉」といったフレーズが目立つ。ここでは「炎の樹」どころではない。

では、《炎の樹》は大震災によって忘れ去られ、「基底の部分」は喪失してしまったのか。そうではない。次のようないわばヴァリエーションとして、禍々しいフレーズの内奥にしぶとく放たれているのである。たとえば「祈りの木」「光の樹」「未来の木」「樹木の女神」「幻影の樹」など。それらの背後で《炎の樹》は燃えていると言えないか。新たに背負わされた情景のなかで、原田勇男の詩の根幹で変わることなく息づいているのだ。忘れ去られることはないであろう。

エッセイ「連作「炎の樹」をめぐる覚書」のなかで、こうも書かれている、「幻影の「炎の樹」を追い求め、その存在を魂の歌として伝えることが私の使命ではないかと考えている」と。「私の使命」？ そんな言い方をするから、私は多少ヒステリックに「まじめなんだよ！」と言い放ってしまったのだ。そんなに固着した考えでは、かえって自分の思考を過度に硬直させてしまうばかりではないか、と私は考えてしまう。彼は同時にこうも書いている、「「炎の樹」を求める行為は非現実的であるが故に、余白から新しい種子が芽生えるかも知れない」と。そう、余白から新しい種子を芽生えさせる「まじめ」な努力こそ、原田勇男にとって肝要なのだと私は考える。《炎の樹》という思想は素晴らしいし、フレーズのヴァリエーションを含めてテーマをさらに推し進めてほしい。労作のレポート『東日本大震災以後の海辺を歩く』（二〇一五）のなかで、原田勇男が書いている言葉が心に残った。

追悼詩を書いているだけでは前へ進まない。鳥の目をもって震災を俯瞰し、自然と文明の関わりや未来から透徹したまなざしで現状を問い直す作品が求められる。

この決意は大震災に対して言えるだけでなく、もっと広く現実のさまざまな場面に対しても言える言葉ではないだろうか。それは原田勇男のまじめな《炎の樹》が発する思想そのものである。

（2016.9）

城下町と抒情——原田勇男の詩の地理学

中上哲夫

1

都市が詩人をつくる。と、まあ、大ざっぱにいって、そんなふうにいえるのではないかと思うのだ。懐疑的な読者は、パリのボードレール、ニューヨークのホイットマン、ロンドンの夏目漱石、松山の正岡子規などを思い浮かべてみるといいだろう。漱石は詩人ではないだと、きみはどこまで疑り深いんだ。

2

一九六八年、原田勇男は病を得て生活の拠点を東京から仙台へ移した。爾来、そこで生涯を送ることになるわけだけど、得たものは健康だけではなかった。

仙台は、伊達氏六十二万石の城下町である。少し町を歩けば、大手町、二十人町、車町、畳町、鍛冶町、鉄砲町、一番町、同心町、伝馬町など、いかにも城下町らしい名前に出合う筈だ。

大工町寺町米町仏町老母買ふ町あらずやつばめよ

寺山修司

仙台にはこんな暗い情念はない。閉鎖的な盆地ではなく、太平洋に向ってひらけている地形のためかもしれない。市民の気分も明るく開放的である。恐ろしい津波がやってくる海であるけれど、同時に支倉常長がローマに向けて出帆した海でもあるのだ。

のっぺらぼうでだだっ広い大都会から身の丈に合った(コンパクトな)東北の都会へやってきた原田勇男は、戸惑うよりもむしろほっとしたのではないか。図書館も美術館も映画館も飲食街もみんな身近にあって、知人や友人に会うのにわざわざ電車にゆられて遠くまで出かけなくてもいい。多少の無理をすれば、大抵の場合歩いていけばいいからだ(脚は鍛えておけ)。郊外を入れれば東北随一の百万都市だけど、町にはちゃんと中心部といえる地域があってちょっと散歩すれば見知った顔に出合うことも少なくないだろう。いってみれば、顔の見える町なのだ。京都のように、パリのように、プラハのように、ダブリンのように、ヴェネツィアのように。

昔、BS朝日に「歴史発見　城下町へ行こう!」という番組があって、何度か見たことがある。再放送で。ピエール瀧が全国の城下町を訪ね、地元の人々との触れ合いを通してその町の歴史、文化、風習、祭り、料理など紹介するもので、城下町という存在にひどく惹かれた(仙台の回を見逃したのはいかにも残念だけど、人生ってそんなものだ)。

確かに、番組を見ていて城下町にはほかの町にはない独特の空気が流れているみたいだった。それを、岩中祥史という人はこう表現している。すなわち、「全国各地の旧城下町に行って気づくことの一つに、全体がとにかく「おっとりしている」ということがある。町の構え・つくりを見ても余裕が感じられるし、人々の歩き方もどこかゆっくりしている。「落ち着き」といい換えてもいいかもしれない」(『「城下町」の人間学』)と。

せわしない首都の生活を切り上げて、威圧するビルディングもない、緑の多い町で暮らすようになれば、なにもせかせか歩くこともない。目に映る風景が変われば、自然と歩く速度も変わってくるだろう。そして、歩き方が変われば詩のリズムも変わってくるはずだ。ボキャブラリーも。詩のリズムは歩行から生まれるという学説を信じる人間としては、foot の語義の一つに韻律の意味があるのはじゅうぶん肯けることだ。

草いろのかげろうが
情念の並木からたちのぼる
(……)
カメラのシャッター音やインクの匂い
インタビューの雑多なメモ
饒舌な電話にきっぱり背を向け
広瀬川へ向かってあるきはじめる
(……)
西公園の広場で
サッカーボールを蹴る半ズボンの少年たち

さあ熱いキックオフだ
きみたちの不定形の未来へ向かって
(……)
突然わたしは走り出す
幻のボールをかかえ
迫ってくるラガーのタックルをはずし
樹々の間をジグザグにすり抜ける
どこからも歓声はあがらない
(……)
市民プール前の砂利道に足をとられ
前のめりに転倒する
両手をはげしく突込み
手の平に血がにじむ
(……)
たった一回きりの生のきらめきのなかで
傷つき疲れたひとびとが
肩をおとしうつむきながら
広瀬川の水面を渡ってゆく
(……)

(「定禅寺《じょうぜんじ》通から西公園経由で広瀬川へ」部分)

城下町のランドマークといえば城(天守閣)が相場だけど(仙台にはとうに天守閣はない)、原田勇男の場合、広瀬川がランドマークなのが著しい特徴だ。流れるランドマーク。彼の詩に広瀬川がしばしば出てくる理由だ。

青葉城趾を取り巻く広瀬川の畔に居を定め、仕事や遊興のため川を渡って町の中心部に出かける日々。町のどこにいても、彼にはいま川がどこを流れているかということがわかるにちがいない。かつてはだれもが持っていた原始的な身体感覚。それによって、世界での自らの位置を定めることができる感覚だ。自らの位置を定めることなくして、われらはいかにしてこの茫漠たる世界のなかで生きえようか。

群馬の酔っぱらいたちがうらやましい。

群馬には上毛三山(榛名山、赤城山、妙義山)というのがあって、夜どこで飲んだくれていても、山の形を見れば自分がいまどこにいるかがわかるのだというのだ。

毎日、富士山を遠くに眺めて暮らしていた江戸ッ子たちも、きっと幸せであったにちがいない。銭湯の湯船のなかでも富士山を眺めることができたのだから。実例は教訓に優る。東京に富士（見）のような地名が数多く残っているように。

3

原田勇男の詩を論じるとき、かならず取り上げなければならないのが「炎の樹」の連作だ。

見える木について語ろう
あるいは見える木の幻影について

「あれが炎の樹よ
　お母さんがおしえてくれたの」
きみの声が世界の新しい扉を開いた
風にゆれる紡錘形の炎
燃える木の映像

木の名前はカイヅカイブキという
ヒノキ科の常緑針葉高木で
イブキの園芸変種だそうだ
ほんとうは野生の方がふさわしい
だってイブキは息吹きに通じるからね

（いまブランディグラスの中で
　みどりいろの炎をあげる一本の枝）

仙台市博物館前の庭に
あれから何度も炎の樹を見に行った
けれどもきみが仙台を離れてから
炎の樹はもとのありふれた木立に
もどってしまったらしい

そしてやっとわかったのだ
きみとわたしの生への熱い望みが
カイヅカイブキを炎の樹に変えたのだと
もう木の名前なんかどうでもいい
炎の樹は心のままに存在するのだから

(「炎の樹III」全行)

詩集『炎の樹』が出版された年の翌年、すなわち一九七九年の四月、弘前で泉谷明/泉谷栄兄弟とさんざん飲んだくれた末、清水節郎と富沢智とわたしの三人は、帰路、仙台に途中下車して原田勇男を訪ねた。広瀬川の畔の追廻住宅という彼の市営住宅に泊めてもらったわけだけど、「気をつけろ。床が腐っているから」といわれる前にすでにわたしの足は畳を踏み抜いていた(一体、彼はなにに追い回されていたのだろうか)。つぎの日、わたしたちは「炎の樹」のヒントになったという博物館前のカイヅカイブキの木をみんなでぞろぞろ見に行った。見慣れた、きれいに刈り込まれた庭木ではなく、ゴッホの絵の糸杉のように空に向かって渦巻いて燃えあがる炎そのものだった。

〈炎の樹〉というイメージについては、その後、「希望」「勇気」「青春」「生命」などいろいろと詮索が行われた。どれでもいいし、その全部でもいいと思うのだけど、のちに作者自身が少しまじめにこう書いた。「人間はだれでも心の中に燃える炎の樹を抱いている。愛する人の瞳の中にも「炎の樹」は燃えているし、豊麗の年を重ねてきた長老の背後でも「炎の樹」は揺れている。「炎の樹」は至る所に存在するはずだ。もしそれが見えないとしたら、あなたが見ようとしないからではないか。いい加減に生きていると、「炎の樹」は消えてしまう。生の内実こそが問われるのだ」(「連作「炎の樹」をめぐる覚書」)と。

その後、三十年近く書きつづけられた「炎の樹」の連作は、年輪を重ねるにつれて成長をつづけて、ついに「魔法の木」になった。原田勇男の代表作に留まらず、戦後詩のピークの一つとなった。そして、炎の樹はあらゆる暗喩を超えて、詩そのものとなったのだった。

4

仙台という都市についてもう少し補足したいと思う。城下町というと、総じて保守的で閉鎖的な町を想像するかもしれないけれど、仙台は意外と進取の気概に富んだモダンな町なのだ。歌舞伎者も少なくない。牛タンや冷やし中華が誕生したのは随一の繁華街・一番町界隈。

原田勇男の詩にしばしば登場する定禅寺通で夏期二日間にわたって行われるストリートジャズフェスティバルは、わが国最大級の音楽祭だ。

帝国大学もあって、ナンバースクールもあった仙台は、明治以来、多くの詩人を輩出してきた。いわく、土井晩翠、尾形亀之助、菅原克巳、今入惇、藤一也、尾花仙朔、玉田尊英、秋亜綺羅、高村創などなど。藤村、暮鳥、魯迅なども仙台で学んだ。一時第二高校に籍を置いた碧悟桐も三千里の旅の途次仙台に立ち寄った。仙台はきわめて香り高い文化の町で、そのことは老舗の書店があることでもわかる。いわく、金港堂、宝文堂など（宝文堂は惜しまれつつ十年ほど前に廃業した）。また、仙台は茶道が盛んで、それに関連して丸重本舗玉澤、駄菓子本舗熊谷屋など、老舗の和菓子屋さんも多い。仙台こそ原田勇男のわが棲み家なのだ（これを敷衍すると、水を得た魚ということ）。わたしはときどき思うのだけど、もし「東京砂漠」（前川清）に住みつづけたら、原田勇男の詩ははたして炎の樹のように大地に根を下ろし、枝葉をひろげることができただろうかと。

一九九〇年八月、国分町の、広瀬通と晩翠通の角にあった小料理屋「以志陣」で原田勇男、有働薫、八木幹夫、砂東英美子、渡部俊慧などと夜遅くまで酔っぱらった。詩の話をして。宣伝ではない。店はもうとうになくなってしまったけれども、われらの交友の記憶はいまなお国分町の路上をさまよっているにちがいない。

5

わたしの大好きな、仙台商業ラグビー部出身のお笑いコンビ「サンドウィッチマン」。コントは世界随一だが、それにもまして面白いのが二人の性格のコントラストだ。たとえば仙台への凱旋ライヴの前夜、ツッコミの伊達みきお（伊達政宗の子孫らしい）は地元の若手芸人たちを大勢呼んで居酒屋でどんちゃん騒ぎ。伊達の奢りで。一方、その時間ボケの富澤たけしは酒も飲まず、ボールペンを握りしめ、ひとりビジネスホテルのベッドに腹ばいになっていた。ネタづくりのために。この対照的な二人。なんだか原田勇男の二面性に似ていないか。明るい原田勇男と暗い原田勇男。ふだんの原田さんはきわめて社交的で、明るく、だれにでも優しい。ここからはわたしの妄想だけど、ひとたびみなと別れてひとり長命ヶ丘（！）のマンションの部屋にもどると、無政府状態の机上をかき分けて昔のジャズを聴きながら孤独に詩を書いているのではないか。暗い、難しい顔で（最近、富澤たけしの詩を発見したけれど、割愛。読みたい者はサンドウィッチマンの『敗者復活』を読め）。

6

幸いなことに、原田勇男が〈路上派〉にくくられることはこれまで一度もなかった。けれども、なぜか〈路上派〉の詩人たちとは親密で、気がつくといつも〈路上派〉のすぐ隣に長身の男が静かに立っていた（書くものもしばしば路上詩に近づいた）。ただ、深夜花京院の路上で釘を踏み抜いて救急病院へ担ぎ込まれるまでの二キロ以上の道のりの奮闘を描いたユーモアあふれる詩「釘を踏み抜いて早坂愛生会病院まで」（詩集『サード』）を読むに及んで、宮沢賢治－（西脇順三郎）－山本太郎－泉谷明ラインの〈歩行派〉に組み入れたいという強い誘惑にかられるのだ。まぎれもなく彼の詩のリズムは歩行者のそれだ。

（2016.9）

魂のアジテーター——原田勇男のことばの力

野沢 啓

　原田勇男の詩はいまどきの現代詩のなかでは群を抜いてひとの情動に訴えかけ鼓舞する力をもっている。そこにはなにためらうことなく、みずからの魂のありどころを追求し、それをひとにも強く要請する力が矯められているからであり、その模索することばを信じて他者と分かちあおうとする姿勢が顕著だからである。原田の詩を読むと、ひとはおのずからみずからの魂の居場所やそのありようを感知させられるし、反省させられたり共感したりすることができる。それだけ重苦しいとも言えないわけではないが、いちど原田の世界に入ってしまうと、その魂の追求の倫理にすんなりと従うことができるようになる。原田のこうした倫理観はいったいどこから発生しているのか。

　わたしは原田の個人的な生や履歴は、じつはあまりよく知らない。本書に収められた「詩のふるさと」で初めて知ることが多いぐらいである。一九三七年、東京生まれということで、学生時代に渡辺武信などとの交流があったらしいから世代的には「凶区」などと同じ六〇年安保世代であり、おそらく学生運動の経験があるにちがいない。セロニアス・モンクやホレス・シルバーなどのモダンジャズのプレイヤーの名前やわたしにもなつかしいジャズ喫茶（渋谷の「デュエット」はわたしの学生時代の行きつけの場所だった）など、さらにビートルズやジョーン・バエズなど、原田の青春時代を彩った固有名詞が頻出するのも、この世代の特徴であろうか。

　それはともかく、戦争中に疎開した経験のある東北に若いときから住みつくことになったのは、なにか政治的理由か個人的なわけがあるのかもしれない。

歌うことを疑った黙秘の季節
首都から北国の知らないまちへ

この地にきて失うものは何もなかった
はじめから失うものなど

何も持ち合わせていなかったのだ
虚ろな闇を抱えた青白い魂が
杜と川と海辺のまちに漂着した

（「杜と川と海辺のまちで」）

最近の詩集『かけがえのない魂の声を』（二〇一三年）のなかで原田はこんなふうな述懐をしている。同じ詩のなかには〈行き場を失った心の難民〉というフレーズも見える。また「渚」という初期の作品のなかには〈にせの思想や連帯から訣別するのがわたしの運命だ／破産した愛をどの地に埋めたかはもう忘れた〉という行もある。いまの温厚な原田からは想像もできないような蹉跌があったのであろうか。〈どうしたら生きられるのかと問う前に／ぶざまに生きてしまっているわたしだ〉というやや自嘲的なことばもやはり「渚」にはある。この作品がどの時点で、どんな状況のなかで書かれたかはわからないが、おそらくこの作品が収められた第一詩集『北の旅』（一九七四年）が出されるすこしまえ、一九六八年に原田は仙台に〈漂着した〉らしいので、おそらく一九七〇年代初めごろに書かれたのだろう。

こうした原田が大きな飛躍をはたしたのが第二詩集『炎の樹』（一九七八年）であることは、当人も自覚しているところである。二〇〇六年にエッセイで原田はそのモチーフについて書いている。

「炎の樹」について一言で語るのは難しいが、人間はだれでも心の中に燃える炎の樹を抱いている。愛する人の瞳の中にも「炎の樹」は燃えているし、豊麗の年を重ねてきた長老の背後でも「炎の樹」は揺れている。「炎の樹」は至る所に存在するはずだ。もしそれが見えないとしたら、あなたが見ようとしないからではないか。いい加減に生きていると、「炎の樹」は消えてしまう。生の内実こそが問われるのだ。

（「連作「炎の樹」をめぐる覚書――人はどのようにいのちを燃やして生きるか」）

これは原田が〈炎の樹〉というモチーフに託して切実な実存をこめていることを示している。

炎の樹を見たことがある？　たとえ見たことがなくてもその気配を感じたことはあるだろう　そう　どこにでも存在するし　だれの胸の中にもあるが　それに気づかない　気がついたときには灰にまみれている　かたちがあってなさそうなもの　いのちの比喩に似てしかもかぎりなくイマジネーティブで　それがなくても生きてはゆけるが　一度その不在に気づいた者は生涯を賭けてそれを求めつづける……

（「炎の樹Ｖ」）

〈炎の樹〉とは何か。〈どこにでも存在するし　だれの胸の中にもあるが　それに気づかない〉とされるもの。それの形象化されたものとしては仙台市博物館前の庭にあったカイヅカイブキという名前をもつ木であるらしい（「炎の樹Ⅲ」）が、それはじつはどうでもいい。〈炎の樹はたぶん夢の物質からできている〉（「炎の樹Ⅱ」）と言われているように、原田にとっては〈炎の樹〉はもはや実在するものではなく、人間の生の営みのなかでそのひとの生を固有のものたらしめる内的なモチーフのことを指すのであって、それは別に木でなくともいい。現代文明に魂を簒奪され、その奪われたことさえ気づかなくなっている多くの精神的不在者たちのあいだにあって、――原田は初期の「閉された海の唄」のなかでこれらのひとびとを〈内部に唄を持たない黒い鳥たちの群〉とすでに命名していた――自己の生のなかにみずからを生かしめる固有の核を見出そうとする人間であろうとし、他者にも強くそのことを呼びかけるのである。それが原田が詩を書く根本的なモチーフであり、先に引いたエッセイで「私にとって詩は魂の歌だという思いは「炎の樹」の連作を始めたころから変わっていない」と書いているように、そのモチーフのさらなる展開を原田はいまにいたるも見失なうことなく持続させている。

原田が『炎の樹』を刊行した翌一九七九年に、わたしはそのころ刊行をはじめた個人誌「走都」の二号で、自分としてはほとんど初めてと言ってよい長篇評論「個有の核の発見」（その後、詩論集『詩の時間、詩という自由

――『同時代詩通信』より』れんが書房新社、一九八五年、に収録）を発表し、その最後のところで原田の「炎の樹」（初出は一九七七年）についてかなり長い論評をくわえている。いまとなってはどういう経緯でこの詩集を手に入れたのかさえわからなくなっているが、とにかくそれを読んで感銘を受け、この評論をまとめあげるさいの根拠となったことは間違いない。連作の最初の「炎の樹」はいま読みかえしてもそのパセティックなまでの昂揚感が痛切に蘇ってくる。その部分をあらためて引用してみよう。

乱発した青春の空手形が
支払いを求めていっせいにたちあがり
洪水のようにくずれてくるから
魂の火の色は水びたしだ
きみのまだ新しいバスケットの中には
どんな鳥がはばたいている？
どんな炎の樹がゆれている？
いつかきみも手痛く知るだろうね

カレンダーの日付から欠落したある日
鳥がどこへも飛ばないことを
炎の樹が灰でしかないことを
そのかわりきみの手は
見つけることができるだろうか
飛ばない鳥をひそかに飛ばし
灰の中から炎の樹を生みだす仕方を
（中略）
だがそのための場所が
きみの生きざまと刺し違える個有の核が
どこかにあるかもしれない

ここではあえてこれ以上長くは引用しないので、原詩にあたってもらいたい。わたしのかつての評論のタイトルはここからとったものだが、わたしはそこで「原田勇男にとって〈どこかにあるかもしれない〉〈個有の核〉を〈炎の樹〉という目に視えぬ形象として把んだところにその表現が外的現実と拮抗しうる詩的方法がはじめて発見されたといってよい」（前掲書一四六―一四七ページ）

と書き、さらに詩の最後の数行――

わたしの前には越えるべきハードルがある
わかるかい？
その行為をひたむきに生きなければ
きみの鳥も炎の樹も
新しくよみがえることはないのだ

にたいしては「詩をしめくくるこの力強い宣言はわたしたちを鼓舞してやまないだろう。ひたむきに現実を生きること、そこからしか世界を批評し燃やしつくす詩は生まれないかもしれない。わたしの、あなたの、〈炎の樹〉はどこにあるのでもない。それがわたしたち自身のなかにしかありえないことは、この詩を読むことによって再確認できるのである」と、いまとなってみるとこちらもいささか昂揚して書いているが、この詩（詩集）の解釈として的を外していない。ここで書いていたことは、いまも変更の必要を感じない。若かったわたしの心が原田のパセティックな昂揚に全面的に感応したということだろう。

今回、あらためて原田勇男の詩を読みかえしてみて、原田の方法が一貫して若々しい正義感にあふれていること、少々くどいくらいにメッセージ性をもとうとするものであることを再確認した。〈魂〉とは現代詩的タームとしてはいまやなかなか使いづらいことばになってしまったが、原田の詩のなかではほかに呼びようのない、精神のひとつの凝縮態としてこのことばが成立していることがわかる。いまの読者のなかにはやや気恥ずかしく感じるひともいるかもしれないこのナイーヴさこそ、原田勇男という魂の青春が叫ぶアジテーションの本質なのだ。そしてこのアジテーションのナイーヴさには、原田がそれとして語ることはないがけっして譲ることのできない、青春期に代償とした何ものかをいまもしっかりと温存している深い理由があるのではないか。

このことは原田が東日本大震災にあたってその被災地を根気づよく取材し、政治的権力の無能無策ぶりに心底怒りをぶつけているのは、こうした若いときからの原田の批評的魂のナイーヴさがいまも健在であることを示している。それは詩集『何億光年の彼方から』（二〇〇四年）のなかのタイトルポエムに、原発の危険性をいちはやく予見した〈放射能が漏れる原子炉の装置が／この水惑星の運命を脅かす〉というようなフレーズがあることによっても証明される。これを、その後の福島第一原発事故へのたんなる偶然的予見とは言わせない先見性が原田の詩人としての直観力のなかに根ざしており、またそれにもまして若いときから身につけてきた魂のアジテーターとしての資質がそれをさらに増幅させるべく輝きを放っているとみるべきなのである。

（2016.9）

魂〝へ〟から魂〝から〟へ

秋亜綺羅

原田勇男の名を知ったのは、わたしがまだ東京で学生だった、四十年以上もまえのことだ。たぶん「現代詩手帖」に登場していたのだと思う。わたしの出身地である仙台在住だったことと、固有名詞を多用する「路上派」の詩人、みたいに評価されていたことで、印象を強く持った。以来、わたしの詩も「大きな書店」と書くより「紀伊國屋書店」と書くようになった。企業名を匿名化するNHKの論理から、抜け出せた気分になったものだ。わたしが故郷を思うとき、そこでは原田勇男が活躍しているんだな、といつも想像した。

二十五歳で仙台に帰ったわたしは、詩から遠くなっていた。それでもアムス西武というデパートの、スタジオのイベント企画を任せられたり、『仙台若者紳士録』という書籍の執筆を頼まれたりしていた。詩人に限らず、美術家、音楽家、演劇人、行政、マスコミの人たちとも関わることになった。不思議なことに？　どんなジャンルの人たちと会って話をしても、原田勇男の名まえがいつも出てくるのだった。原田の詩は、ほかの世界に確実に影響していた。

　ある日、齋正弘という国際的な美術家が、わたしの事務所を訪ねてきた。齋正弘はニューヨークから日本に帰ってきて、開館まぢかの宮城県美術館の準備室に在籍。開館後は学芸員になったひとだ。齋は「美術館の仕事は名画を展示することだけじゃない。現代の、前衛のアートを紹介していきたい。それにふさわしい演劇や音楽や詩を紹介してほしい」ということだった。

　わたしは仙台に限定しないで、舞踏家や音楽家などを挙げていった。現代詩の話になったとき、仙台には原田勇男がいますよと、わたしは言って、原田の詩を読んでもらった。原田勇男の「北のうた」（詩集『北の旅』）などには「稲荷小路」「西公園」「広瀬川」「川内追廻住宅」といった仙台の固有名詞が連発される。

　齋正弘はこれを一読して、原田がむやみに、風景を文字でスケッチしたわけではないのを見抜いていた。しばらくして齋はこう言った。「原田さんにビデオカメラを持たせて、街を歩いてもらおうか。それは映像というより、新しい意味での詩になるよね」。

　齋はそのあと、わたしに完成直前の宮城県美術館を見せてくれた。なかに入ると、それはわたしにとって、とんでもなく初めての体験。そこには、壮大な時空が広がっているのだった。作品などはもちろん、まだひとつだってない。そこに存在するのは、超一流の建築家が設計した壁と、床と、天井と、光だけ。絵のない広大な美術館は、衝撃だった。

　ふと原田勇男の詩が浮かんだ。あ！　とわたしの脳が叫んだ。原田の詩はまず、歩いている街を瞬時に、絵のない美術館にしてしまう！　そのうえに「稲荷小路」とか「西公園」とか「広瀬川」とか「川内追廻住宅」を想像力で描き直している！　そう考えれば、原田の詩の壮大な仕掛けも解くことができる。齋正弘が言った「新しい意味での詩」！

　さて、原田勇男の初期詩篇は、言語で言語を編んでいく、いわゆる現代詩だ。メタファーと考えられる、難解な作品も少なくない。「手探りのまますべてのものたちの耳に／貧しい言葉を投げかける／空の耳に　樹木の耳に　鳥の／街の　そして　人間たちの耳に」（「閉された海の唄」）。「人間たちの耳」にたどり着くまでに、世界じゅうの「耳」を手探るのである。

自己否定というより、自虐とアジテーションが並行に進行する。速度も密度もある。読者は、つい思うのだ。原田勇男の言語によって構築された、詩という名の人格に、誘惑されてしまおう、と。

詩集『炎の樹』以降になると、豊かなストーリーが生まれてくる。仙台の地名がそのまま出てくるのは相変わらずだが、その固有名詞が、なにかを語りかけてくるように感じられるのだ。難解な綾はいくぶん退いているように思われる。だが「魯迅の碑。ここから青葉山公園のテニスコートは見えない。女学生たちの黄色い声援が火柱になる。空で青い果実がはじける」（「炎の樹IV」）なんて、ことばでなければ描けない風景ではないか。

詩集『火の奥』は、すこしく抽象的で暗喩が復活したかのような詩もあるけれど、中上哲夫への私信と思われる、口語詩が圧巻だ。詩集『サード』にある、セロニアス・モンクへの弔詩もそうだ。紙のうえに置かれた詩から、声が聞こえてくる。

口語という意味では「釘を踏み抜いて早坂愛生会病院まで」という長編詩は、原田自身が釘を踏んでしまい「左足一本で跳ねるピエロ」になった顚末だが、すごい。面白すぎて同情できない。

二十世紀から二十一世紀をまたいで書いたと思われる詩集『何億光年の彼方から』は、思想を歌っている。ことばは確実に、歌っているのだ。いや、原田勇男がそれまで多くを取材し、書きつづけてきた詩から、生みだされた思想。その思想がついに歌いだしたのである。「魂のスクリーンいっぱいに／敷き詰められているのは／祭りの花茣蓙ではない／あれは反故にされた約束手形の散乱／生と死の割り切れない虚の方程式／理不尽な死者たちを積み込んで／時代の船はどの暗礁を目指すのか」（「夢紀行の果て」）。

その思想の歌は、詩集『炎の樹連禱』に引きつがれ、完成する。口語で語りかけながら、口ずさむようにリズムをとって。あるときはフリー・ジャズのように、終りも、はじまりもなく。加速度だけを読者に感じさせながら、深い場所へと入っていく。「恋人たちも農夫も牛飼いも眠りこけている牛も　笑う子どもたち　目の見えないひとも耳の聴こえないひとも　炎の樹につつまれ消えてゆく　みんな不思議な光をあびながら手をふっているやがて暗い水面に漂うのは闇ばかり…」（「魔法の木」）。

また、原田勇男は「魂」ということばを、ひんぱんに使用する詩人だ。たとえば「ひとからひとへ伝えられる魂」「したたかな魂」「裸形の魂」（「比喩の樹」）といったぐあいである。確かに原田は「魂」を追いかけていた。主語にしてみたり、目的語にしてみたり、修飾語をつけてみたりしている。原田の詩は「魂」を探し求めていた旅だったのかもしれない。

その「魂」が一瞬にして変わるのだった。東日本大震災である。津波は、原田勇男の「魂」をも流し去った。すぐに現地の取材をはじめた原田は、凄惨な光景に立ちすくんだことだろう。しばらくは、詩を書くこともできなかっただろう。それでも原田は、津波だけでなく、原発事故の被災地をも訪ねている。

流されてしまったことばたちをようやく取り戻し、詩を書きはじめた原田勇男。そのとき「魂」ということばは、原田にとって客観的なものではなくなっていた。詩集『かけがえのない魂の声を』では「魂」からの声が描かれている。「魂」に寄り添うというより「魂」を、詩という肉体のなかに込めたのである。「魂」に重さを与えたのである。「まぎれもない海と空が／もどってくるかどうかは／だれにもわからない／風の遺言だけが／はるかな海と空を超えて聞こえる」（「風の遺言」）。

おしまいに、原田勇男とわたしとの関係をすこしばかり。原田はわたしより十三ほど年うえの先輩だ。わたしは二十五歳で仙台に戻ってから、三十年ほど詩を書いていなかったのだけれど、原田はそれでもいつも、詩のイベントとか出版記念会などに誘ってくれた。そんなことで、ときどきは会う機会はあった。原田はわたしに限らず、多くの若い詩人たちを思い、また慕われていた。

で、ある日のこと。だれかの出版記念会の帰りだったと思う。一番町を歩いていると、いまは亡き今入惇と、原原田勇男が後ろからどんどん近づいてきて、酔った息で「秋くん、宮城県詩人会をつくってよ、ね」。え？ 詩を書いていないわたしがどうして？ すると原田が、他県の詩人会の会則やらアンソロジーやらをバッグから取り出し、わたしに渡した。「これ、見本ね！」。ふたたび、え？ わたしも酔っていたので、思わず勢いで「はい」。原田勇男さん、確信犯だね。

それからなにもしないまま、三年ほどが過ぎていた。佐藤洋子が仙台に移住したといって、わたしの事務所に遊びに来た。佐藤洋子は第一詩集で、山之口貘賞を受けた詩人である。そこで思いつきでわたしはいった。「洋子さん、宮城県詩人会をつくってよ、ね」。佐藤洋子の行動力はすごかった。そのあと会が誕生するまでは、あっという間だった。

そうして、十一年まえに宮城県詩人会は発足した。今入惇が初代会長で、原田勇男が第二代。わたしも発起人のひとりだったので、詩をまた書いてみようか、ということに。思ってみれば、原田勇男がいなかったら、わたしはいま、詩を書かずにすんでいたはずである。（2016.9）

現代詩文庫 234 原田勇男詩集

発行日 ・ 二〇一六年十月三十一日

著 者 ・ 原田勇男

発行者 ・ 小田啓之

発行所 ・ 株式会社思潮社

〒162-0842 東京都新宿区市谷砂土原町三―十五

電話〇三（三二六七）八一五三（営業）八一四一（編集）八一四二（FAX）

印刷所 ・ 創栄図書印刷株式会社

製本所 ・ 創栄図書印刷株式会社

用 紙 ・ 王子エフテックス株式会社

ISBN978-4-7837-1012-7 C0392

現代詩文庫 新刊

201 蜂飼耳詩集
202 岸田将幸詩集
203 中尾太一詩集
204 日和聡子詩集
205 田原詩集
206 三角みづ紀詩集
207 尾花仙朔詩集
208 田中佐知詩集
209 続続・高橋睦郎詩集
210 続続・新川和江詩集
211 続・岩田宏詩集
212 江代充詩集
213 貞久秀紀詩集
214 中上哲夫詩集
215 三井葉子詩集
216 平岡敏夫詩集
217 森崎和江詩集

218 境節詩集
219 田中郁子詩集
220 鈴木ユリイカ詩集
221 國峰照子詩集
222 小笠原鳥類詩集
223 水田宗子詩集
224 続・高良留美子詩集
225 有馬敲詩集
226 國井克彦詩集
227 暮尾淳詩集
228 山口眞理子詩集
229 田野倉康一詩集
230 広瀬大志詩集
231 近藤洋太詩集
232 渡辺玄英詩集
233 米屋猛詩集
234 原田勇男詩集